不忍池のほとりにて

田中耕一
TANAKA Koichi

文芸社

不忍池のほとりにて　◆目次

病床八尺

急性大動脈解離、手術後の病室にて

二〇一八年八月六日〜八月二八日

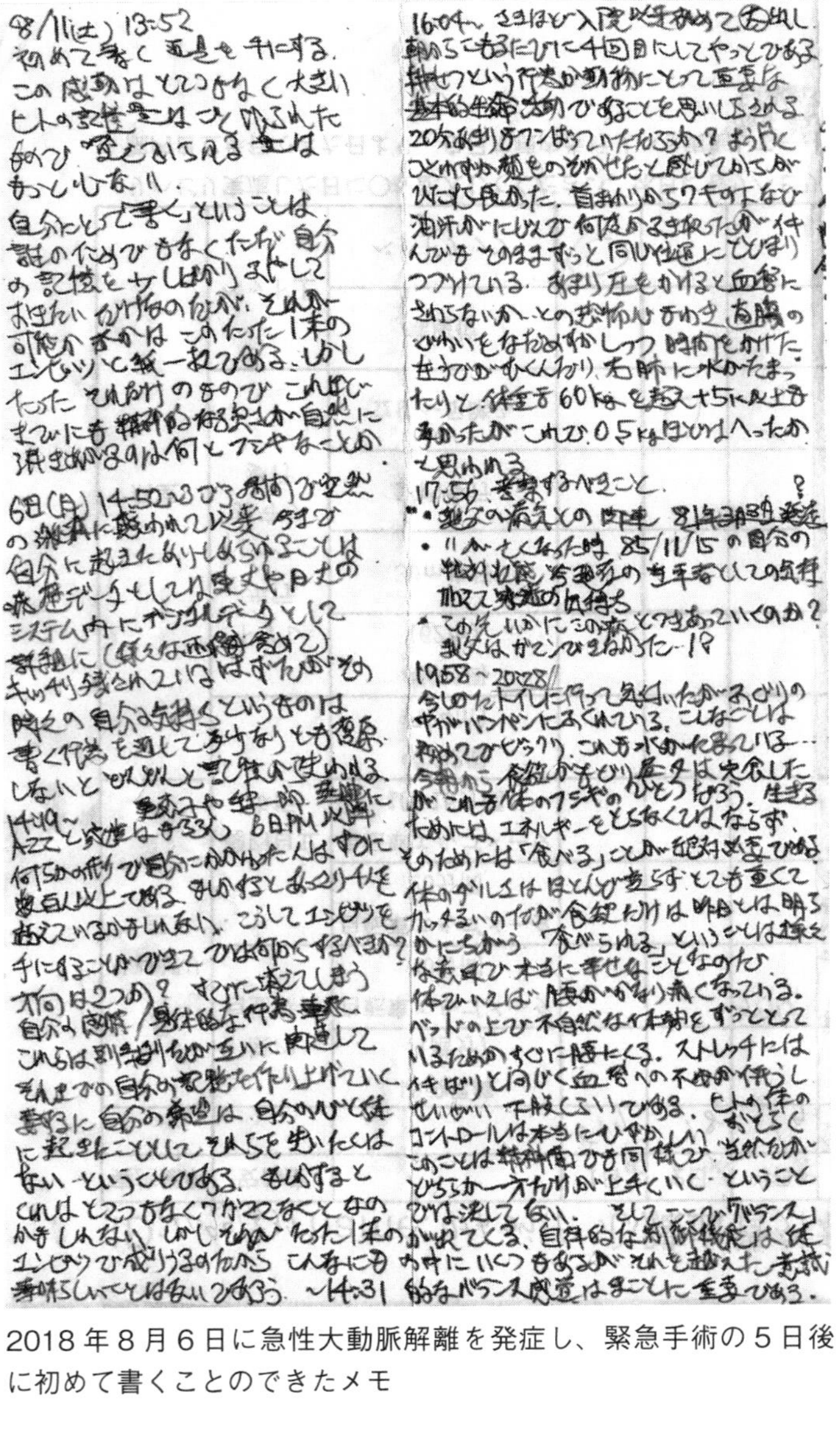

2018年8月6日に急性大動脈解離を発症し、緊急手術の5日後に初めて書くことのできたメモ

八月一一日（土）

一三時五二分

初めて書く道具を手にする。この感動はとてつもなく大きい。ヒトの記憶量はごく限られたもので、覚えていられる量はもっと少ない。

自分にとって「書く」ということは、誰のためでもなく、ただ自分の記憶を少しばかり増やしておきたいだけなのだが、それが可能か否かは、このたった一本のエンピツと紙一枚である。しかしたったそれだけのもので、これほどまでにも精神的な強さが自然に湧き上がるのは、なんとフシギなことか――。

五日前の八月六日（月）一四時五二分～三分頃、居間で突然の激痛に襲われて以来、今まで自分に起きたありとあらゆることは、病歴データとしては東大病院や日大病院のシステム内にデジタルデータとして詳細に（様々な画像も含めて）キッチリ残されているはずだが、その時々の自分の気持ちというものは、書く行為を通して多少なりとも復元しないと、どんどんと記憶から失われる。

一四時一九分

妻や息子、娘に義母と家族はもちろん、六日の午後以降、何らかの形で自分にかかわった人は、すでに数百人以上である。もしかするとあっさり千人を超えているかもしれない。

こうしてエンピツを手にすることができて、では何からするべきか？　方向は二つか？　すぐに消えてしまう「自分の感情」と「具体的な行為・事象」、これらは別系列だが、互いに関連してそれまでの自分の記憶を作り上げていく。要するに自分の希望は、自分の心と体に起きたこととして、それらを失いたくはないということである。もしかすると、これはとてつもなくワガママなことなのかもしれない。しかし、それがたった一本のエンピツで成しうるのだから、こんなにも素晴らしいことはないであろう。　～一四時三一分

一六時〇四分

先ほど、入院以来初めて大出し。朝からこもるたびに、四回目にしてやっとである。排泄という行為が、動物にとって重要な基本的生命活動であることを思い知らされる。

二〇分余りもフンばっていただろうか？　ようやくごくわずか顔をのぞかせたと感じてからがひたすら長かった。首周りからワキの下などに油汗がにじんで何度か拭き取ったが、イキんでもそのままずっと同じ位置にとどまり続けている。あまり圧をかけると血管にさ

わらないか……との恐怖心が湧き、直腸の具合をなだめすかしつつ時間をかけた。
左腕がむくんだり、右肺に水が溜まったりと、体重も60kgを超え、プラス5kg以上も多くなっていたが、これで0・5kgほどは減ったかと思われる。

一七時五六分　考察するべきこと
・親父の病気との関連（一九八一年三月三日、大動脈解離発症）
・親父が亡くなった時（一九八五年一一月一五日）の自分の精神状態。今現在の当事者としての気持ち、加えて家族の気持ち。
・この先、いかにこの病とつきあっていくのか？
親父はガマンできなかった!?

一九時五八分
今しがたトイレに行って気づいたが、ふぐりの中がパンパンにふくれている。こんなことは初めてでビックリ、これも水が溜まっている……。
今朝から食欲が戻り、昼夕は完食したが、これも体のフシギの一つだろう。生きるためにはエネルギーをとらなくてはならず、そのためには「食べる」ことが絶対必要である。

体のダルさはほとんど変わらずとても重くてカッタるいのだが、食欲だけは昨日とは明らかに違う。「食べられる」ということは、様々な意味で本当に幸せなことなのだ。

体でいえば、腰がかなり痛くなっている。ベッドの上で不自然な体勢をずっととっているためか、すぐに腰にくる。ストレッチには、イキばりと同じく血管への不安が伴うし、やってもせいぜい下肢くらいである。

ヒトの体のコントロールは本当に難しい。おそらくこのことは精神面でも同様で、当然だが、どちらか一方だけが上手くいくということでは決してない。そしてここで「バランス」が出てくる。自律的な制御機能は体の中にいくつもあるが、それを超えた意識的なバランス感覚はまことに重要である。

～二〇時二八分

八月一二日（日）

七時一七分

朝起きぬけからとてもダルイ。六時〇五分起床。トイレに行くが、立っているだけでグッタリする。

昨夜二一時に消灯し、0時前にちょっと目が覚めたが、一時三〇分にシビンを使うまでよく寝れた。だがその後、明け方にかけては寝たり覚めたり、こうして書くだけでかなりの努力がいる。

今朝測った血圧は正常。血糖値113。血中酸素濃度99。良好に見えるが、腰は痛いしダルイ。　～七時二五分

今しがた測った体重60・9kg。全く減らない。　～七時三二分

九時三五分

部屋掃除の若い男性が来て、まずシンク周りを洗剤で拭いて、ゴミを始末。そのあと、大きいシートモップで床をサッと拭いていった。ものの四分くらいか。ただ、これだけの大フロアを何人で担当しているのか、合わせるとけっこうな作業になるだろう。これもまた、世話になっているヒトの一人である。

彼が来る少し前からボーッと室内を見ていて、限定された自分の今の生活空間について少し関心が湧いてきた。今いるのは9A棟の3号室。とても大きな個室で、ナースステーションのまん前、最も重篤な患者が入る部屋である。間口三・二メートル×奥行六・三メー

トルぐらいで、大きな電動ベッドが窓から一・三メートルくらいの位置にある。窓際にはチョコっとデザインした風のスタッキングチェアが一つと、小さなテレビと、冷蔵庫付きの引き出し。ベッドボードの上の壁にはお決まりの酸素やコンセント類。その横に衣類用キャビネット。さらにその横SDドア（横引きスライドドア）と内窓の間にSK（掃除用深型シンク）がある。

機能的でこざっぱりとした病室だが、何といっても「広さ」は一番のゼイタクである。静謐な個の空間は、狭い中にスシづめにされた収容所との最も大きな違いの一つである。建築を学んだ者として、若い頃に興味があったのはデザインの質やテイストだったが、この一〇年間、そんなカッコよさよりも、空間の影響力や意味合いなどのほうに関心を引かれる。哲学的に考えるわけではないが、病院も収容所も監獄もプロトタイプは同じである。

一〇時四七分

先ほどまで鈴木女医の治療を受ける。これを書いている時で、「いっぱい書いてますね」と開口一番言われる。炎症はまだかなり残っているようで、肝機能が悪く、それがダルさの原因らしい。胸の傷跡をきれいにしてもらい、右太モモ付け根の針も抜いてくれた。通便の話で、出にくければ下剤もありうるとのこと。ロードバイクの話もしてくれた。看護師からも情報を得ているのだろう。「趣味は抑えつけられない」とは言ってくれたが、「長い目で見てゆっくりと」とも話していた。

娘のことも話に出て、「岡山から来てくれたのね」と言う。医学部の四年でＣＢＴ試験で忙しいと言うと、自身も通った道なのかよくわかってくれる。患者の生活環境全体を把握することは医師として当然の務めの一つだろうが、きちんと理解してくれていることは本当にありがたい。　～一一時〇九分

一五時五〇分

昼前に利尿剤を使用、午後は続けて大量に出る。昼食後すぐは２５０cc＋大もバッチリ。初めて、腸は快調という感覚を持てた。そのあとも一時間余りで４００cc、ほぼカップ一杯分。やはり食べて出すということは命の根本である。

さっきまで椅子に座り、レッグエクステンションなど軽いリハビリ。ダルさも腰の痛みも続く。

一六時三六分

今しがた、今朝からの担当看護師が「これで日勤、終わりました」と挨拶に来た。彼女

は少々要領が悪くて、もしかすると一番の新米なのかもしれない。しかし挨拶を含めてとても丁寧に仕事をしていた。

病院という超巨大システムは、このような現場の末端までが正常に関連し合いながら動いていかないと全然機能しない。様々な電子制御システムやデジタルデバイスはもちろんだが、最終的にはいつも言われるようにヒトなのである。人間は必ずミスを犯すし、機械もまたそうである。それらの複合体であるこの病院という巨大システムが常に安定的に作動していくためには、一つ一つは小さくとも、無限の数の努力が要求される。

今しがた、とりあえず点滴すべて終了。自由になった。　～一七時〇一分

一七時三一分

トイレに行き、そのあと一五分ほどゆっくり歩行。とてもキツい。

点滴を始末してくれた看護師は、替わった直後なのか、「これで中止、終る」ということを知らずに手早く新しいものに取り替えた。声をかけると、貼ってあったシールを見て「確認します」と言って、ナースステーションに行ってチェックしたらしく、「終わりですね」と言いながら針の処置をしてくれた。引き継ぎがなかった時でも二重三重のセーフガードは必ずいるし、そこには患者本人も加わらなくてはいけない。　～一七時三九分

一九時二三分

さっき夕食をとりだした頃（一八時一五分？）、妻がノートと手帳を届けてくれた。本当にありがたい。この一週間、妻は体力的にも精神的にもとてつもなく大変だったであろう。「体がキツイ」と言っていた。つれあいとはいえ感謝のしようもない。

持ってきてくれたノートに書き出す前に、倒れた当日の午前中に書いていた部分をザッと読んでみた。それを書いて三時間半後にはブッ倒れていたのである。全くもっていつ何が起こるかわからない。ロードバイクやトレイルランニング中に起こっていたら、ほぼ確実に死んでいたはずである。平日の昼過ぎ、妻も義母も在宅中に発作があったということが、何よりも不幸中の幸いだったと思う。

自分も意識だけはハッキリしていて、個々の動きは割と覚えている。最初に救急搬送された東大病院から、この日大病院へ搬送された時、入り口でERのドクターが大きな声で、「大丈夫！　この人がやるからね、上手いよ！」と言ってくれたのも、その脇でじっとこちらを見ていた白衣の医師も覚えている。手術室へのエレベーターホール（？）のあたりまで、妻と息子も来ていて、「よろしくね、頼むね」と二人に声をかけたのも覚えている。しかし、そのあとの記憶は当然ながら全くない。

麻酔が覚めて意識が戻ったのがいつだったのかも（今もって）全くわからないが、ベッドがいくつも並んだERの病室内であろう、多くの医師や看護師がせわしなく立ち働く中で、誰かが「娘さんが来られてますよ」と声をかけてくれた。朦朧とした薄暗い意識の中で、すぐ近くに娘が立っていた。娘の名前を呼んだことは確かだが、あとは何を言ったか記憶がない。そのあと二、三分だろうか、じっとこちらを見つめていた娘が、「じゃあ、そろそろ帰るね」と言って手を振ったような気がする。

激痛で倒れたあと、なんとか生きて家族みんなに会えたのである。こんな幸せはない。

〜一九時五七分

二〇時〇七分

親父のことは絶対に再考察しなくてはならない。

一九八一年三月三日の昼下がり頃か、職場で大動脈解離に襲われた。私は大学卒業直前で、良くも悪くも青春真っ盛りであり、たいして見舞いにも行かなかった気がする。それでも卒業証書を見せに病室に行ったことは確かである。その時のはっきりとした記憶はないのだが、ベッド上の不自由な体でそれを見た親父はとても喜んでくれたはずである。

親父は今の私のような緊急手術を受けたわけではない。大動脈解離であったことは確実だが、初夏まで三ヵ月余り入院していた。その間にどのような治療を受けたのか、退院後の病態はどうだったのか、今の私には全く知るすべがない。当時の担当医からは、「ゆっくり焦らず」とか「何事もだましだまし……」と言われていたらしい。要するに、血管に過大な負荷をかけるな！　ということだったのだろう。しかしながら親父の気質からしてそんなことは無理難題で、結局退院して四年半余り経った一九八五年一一月一五日の夕刻に、上野駅入谷口付近の路上で再び倒れてそのまま亡くなった。死因はよく覚えている。「解離性大動脈瘤破裂」である。

今現在の私としては想像するしかないが、要するに、解離した大動脈は元には戻らず、その隙間に血液が流れ込み、時間経過とともに瘤がふくらみ大きくなって、最後に風船が割れるように瘤が破裂したのだと思う。ジッとおとなしくして生活していれば、もっと生きながらえたのか……そんなことはわかるはずがない。

ただ、親父は死の前日、一人で電車を乗り継ぎ御岳山《みたけさん》に行っている。誰に撮ってもらったのか、素晴らしい紅葉を背景にして、はにかむように少し微笑む親父の写真があったことを覚えている（今その写真はどこにあるのだろうか……）。そして、命日となる次の日、御岳山土産の饅頭か何かを持ってバイクで扇橋の兄たちのところへ行き、その帰路、アメ横あたりで旬の柿をたくさん買い込んで、自宅に戻る途上で亡くなってしまった。形見となった柿を、私は食べたかどうかすら覚えていない。その瞬間には、私は地球の裏側にいたのである。

八月一三日（月）　晴れ　61・3kg／36・8℃

七時二三分
六時二〇分頃、看護師が採血に来て起床。ボーッとしていた。
昨夜は二一時四五分に就寝。二三時三〇分と三時一五分の二回、尿瓶でトイレ。そこまではよく寝たが、三時一五分～四時四五分までは眠れず、あれこれと思いが頭の中を駆け巡っていた。大切なこともいくつか思いついたはずだが、ほとんど忘れてしまっている。
・親父のことは書かなくてはいけない。合わせてお袋のことも……。
・道途上で倒れたジャーナリストたち。ほとんどガンだが、駆け回れなくなってどうしたのか？
・蔵書タイトル。書棚のどこに何があるか、いくつか思い出した。E・ギボン、司馬遼太郎、加藤周一、柄谷行人、ドストエフスキー。まだ体力と根気が出ないが……。

・入院と収監の相似性について――自由の問題。　～七時四二分

八時五三分

今しがた男性看護師の坂口さんが来て、新しい利尿剤追加と小さな点滴を付けてくれた。少し前に秦先生たちが来て「体を動かしましょう！」と言われたと話すと、いつもそういうふうに言っているらしく、坂口さんも「でも、そうは言ってもね……」と半分慰めてくれた。彼に、発症前日のトレイルランニングの話をして、このノートに書いてあるデータを見せると、「すごいですね」と言いつつ、こちらの不安を打ち消すように、「それが直接の原因だったわけではないですよ」と続けた。「むしろ、それだけ日常的に運動をしていたから、これで済んでいる」とも話してくれた。なかなかの好青年である。

秦先生は二人の男性医師と鈴木女医を連れて八時二五分頃に来られた。ものの二、三分だったが、「お世話になりました」と言うと、「まだこれからもお世話しますよ！」と言ってくれた。「無理のない範囲で体を動かすことが最もいいので、できるだけ動きましょう」とのこと。坂口さんいわくの「そうは言ってもね……」というところだが、あとは自分の気持ちがこのダルい体をいかに動かしていくか、ということである。　～九時〇七分

〔注：この時来られたのは秦先生ではなく和久井先生であった。先生方それぞれの顔と名

前が一致するようになったのは、かなりの日数が経過してからであった」

一三時三八分
今しがた、看護師の坂口さん来る。体温37・3℃、血圧126／56と、血圧は下がかなり低い。
彼の説明では、これまでで既に昨日の尿量を超えているという。その結果、利尿剤のさらなる追加は先生から中止が出たとのこと。体調や痛みなども細かく聞いてくれる。

一四時二一分
先ほどまで病棟のフロア内をゆっくり二周。途中で坂口さんがフォローしてくれた。

一五時〇〇分
ちょうど一週間前のこの時間、とてつもない激痛が左胸に走った。あれから丸一週間経過して、日常生活は激変している。この先の人生も大きく変わらざるを得ないだろうし、すでに妻や息子、娘の生活も変わっている部分があるだろう。
ここでトイレ。利尿剤は強力である。

一五時四五分

今まで二〇分余り、リハビリ担当の背の高い男性トレーナー山内さんとゆっくりフロアを一周半。トイレの前で待っていてくれて、いったん病室内で血圧と血中酸素濃度を測定。血圧は１１６／60から、運動後測ると90／56と、かなり下がっている。あまり低下するとクラッとしてしまうらしいが、急激に上がるよりはいい。

一六時四五分

ほとんど三〇分おきにトイレ。一三時二〇分の排便以降、今ので六回目。これだけで２ℓ以上は確実に出している。

リハビリ終了後、少しベッドで休んで、腰のストレッチをやりかけていたら、夕方の回診か、再び和久井ドクターが、上背のある医師と、有本、鈴木女医を伴って四人で来た。私がちょうど足首を動かしていたのを見て、「そういうのでもいいよ〜」とのこと。左腕のむくみもようやく治まりつつある中で、背の高い医師（たぶん石井ドクター）が両足のふくらはぎを交互に触診した。一六時二五分頃からものの二、三分だったが、鈴木女医も含め、彼らの様子を見ているとまずは順調なのだろう。

入れ替わりに看護師の坂口さんが来て、明日のスケジュールを渡してくれて、交代だと挨拶していった。

ちょっとあとにトイレに立った時に、夜勤の別の男性看護師がやってきた。この人もハキハキしていて明るく、好印象である。

繰り返しだが、病院という巨大システムは、末端までが繊細に正確に関連し合って作動しなければならない。何か想定外のことが起こっても、柔軟に対応する仕組みも絶対必要である。『八月の砲声』（バーバラ・W・タックマン　筑摩書房）の仏軍のジョッフルには全くそれがなかった……。それにしても忙しい午後だった。　～一七時一〇分

二〇時五一分
今ふと気づいたが、これまで非常に書き味の悪かったボールペンが、かすれることなくこうして黒々と書けるのはどうしたことだろう？　病室内の温度・湿度や気圧が、これまで常に私がいた空間とは何か違うのだろうか？　こうした些細なことにも少しは気持ちが向くようになっている。健康な人にはどうでもいいことなのかもしれないのだが……。
午後のリハビリやそれ以後の忙しさでかなり疲れたらしく、夕食後ベッドで体を休めるつもりが、そのまま一九時二〇分頃から一時間余り寝入ってしまった。夕食前に少し寒気があったが、今は逆に温かく、体もちょっとほてっている。37・1℃（マイナス0・5℃）。

起きると、左腕の新しい点滴針から血が漏れていて、あわてて看護師さんを呼んで抜いてもらった。今のところ抗生剤など次の点滴の予定はないとのこと。

二一時一七分

相変わらす体はとても重たくダルい。頭も居眠り後でまだボーッとしていて、ちょっと今夜はまともな考察をするのは無理かもしれない。

今見ると、手術後からむくんでいた左腕はようやくそれがとれて、細い元の自分の腕に戻ってきたような感じである。緊急手術からちょうど一週間。この時間を長いととるか短いとするかは、ひとえに自分の心のありようにかかっている。忘れてしまわないうちに、この間の経緯を書きとめておきたいのだが、今の体調では困難である。体のダルさがなくなればありがたいのだが……。

~二一時三三分

八月一四日（火）　晴れ　59・0kg／37・0℃

七時二四分

とてつもなくカッタるい。昨日とは比べられないほどに、これまでで最悪なくらい重たい体だ。どうして今朝はこれほどまでに体が重たいのか？　本当に最悪の重たさだ!!

夜中の一時〇五分に尿瓶で一回したきりだったが、三時四五分に目が覚め、また寝れずに四時をまわった。そのあと一時間半余り寝たようで、五時五〇分起床。ところが、このかったるさである。

～七時三七分

一五時〇〇分

先ほど一四時三〇分、リハビリが終わり帰室。リハビリトレーナー山内さんが、昨日とまるで違う私の様子を見てエルゴメーター（固定式自転車型リハビリ器具）は中止。ベッドで少しストレッチをしてくれた。体、メチャ重い。書くのが苦痛である。

午前中一〇時三〇分からの心エコー（心臓超音波検査）は、病室を出てから戻るまでちょうど一時間かかった（一〇時～一一時一〇分）。女性の検査技師さんからは「二〇分くらい」と言われたが、もっとやっていた感じである。横向きの不自然な姿勢で動かずにいるのはかなりの苦痛だった。左胸のあちこちに（今、看護師さんが来た。36.6℃。１０５／58。血中酸素濃度98）、エコーの端子を当てるのだが、ジェルの冷感が何というか表現のしようもない。右腕と足首にもクリップ端子を付けられ、本当につらい体勢だった。

この時とリハビリと、今日は二回も三階まで車椅子で往復してくれた介護士の若い女性は、息を切らしながら大変そうだったが割と丁寧だった（おそらく職域によるヒエラルキーが彼女たちを相当に苦しめているのだと思われる）。医師を頂点とした巨大病院では「チーム医療」などという体のいい言葉も使われているが、それぞれの職域内でも、またそれら相互の関係においても、下へと押しやられてしまう人々がどうしても出てきてしまうのだろう。結局、最後は人と人との感情のやり取りである。　～一五時三五分

八月一五日（水）晴れ

七時四一分

今朝も体はダルい。夜中に二回トイレ（0時、三時三〇分）。昨夜は割と寝たようにも感じるが、五時二五分に目覚めた。起き上がると体が重いままで、立つのもとても億劫である。

昨日の夕食時に三医師（和久井、有本、鈴木）が来た時に、体調の悪さ、食欲のなさを訴えたが、彼らにも理由がわからず、一八時五五分、鈴木女医に採血してもらう。二〇分

ほどあとで三医師がそろってまた来て、「採血の値はさほどの変化はない」とのこと。和久井医師から、「呼吸を大きくして、なるべくたくさん酸素を取り込むように」と言われた。今朝六時二五分、もう一回採血。

とりあえず昨日の朝よりは「書く気力」は多少はキープしている。

昨夜、夜勤の看護師から「歩けるようになったし、明日部屋を替わる」ことを伝えられた。今いる９Ａ棟の３号室は広い個室で、重症患者用（手術直後など？）であり、差額ベッド代も無料である。夜中にあれこれ考えてみたが、この先、体はもちろん経済的にどうなるかも全く不明なので、やはりコストは極力抑えたいところである。　～八時〇六分

九時三八分

レントゲン、八時四五分頃に病室を出て、撮影が終わったらそのまま部屋を替わることになった。レントゲンはあっさり終わり、病棟のロビーでしばらく待っている間に、私の病室のすぐ隣の四人部屋、５号室の窓側に、介護士がベッドやテーブルなど荷物をすべて引っ越してくれた。この人もオバチャンだったが、とても愛想がよくて対応も丁寧だった。やはりこれは人次第である。

朝食が終わる八時三〇分頃、和久井医師が有本、鈴木両ドクターを伴って来てくれた。昨日よりは少しはいいが、相変わらず体がすごくダルいことを伝える。（ここで看護師が来て体拭き、九時四五分頃）

一〇時三八分

和久井ドクターは首をかしげながら、「命はとりとめたけれども、これからは慎重に行きましょう」と、少々ドキッとすることを言う。「娘さんは岡山に帰ったの？」と聞かれ、医学部の四年でテストが大変らしいと答えると、鈴木ドクターが「ＣＢＴがあって……」とすかさず言ってくれた。「それでも、こちらに来て、会って私の顔を見て安心したようです」と伝えると、先生方も喜んでくれたようだ。レントゲンなどを見て水の溜まり具合などをチェックするとのことで、朝には珍しく先生方は五分近く病室にいた感じがする。

一四時二四分

今しがたリハビリ室より戻る。ずっと担当してくれている山内リハビリトレーナーには、既に水９００cc を抜いた件も伝わっていた。１・５kg のウェイトを足首につけて、左右計六〇回のレッグエクステンション。さらに立位で足踏み。スクワットは軽く一五回。それだけで結構、息が上がる。両腕を開いて胸を広げる動きもしたが、やはり少々痛みと恐怖心がある。「無理のない範囲で」と言われるが、やはりその判断はとても難しい。

〜一四時三八分

一五時二八分

部屋を隣に移って半日。ひたすら忙しい六、七時間だった。病棟内の時間の流れは、いわゆる世間一般とは全く異なる。もちろん規則正しく朝昼夕の食事時間があり、その間に担当医の回診やら看護師の検温、血圧測定などがあって、さらに様々な検査（レントゲン、心エコーなど）がある。加えてリハビリもあるため、上行大動脈を入れ替えた患者にしてみれば、自分の自由になる時間の流れとは全く違うのである。

今、これだけのことを思い書きとめ得る、ということは、昨日よりは明らかに体調がいいということであろう。しかし、先ほど両足首を手で触ると、かなりむくんでいて、指の跡がそのまま段々に残ったのにはかなりびっくりした。

朝のレントゲンを見たためか、一一時二〇分に和久井、有本、鈴木三医師がそろって、処置室で再度右側から穿刺をして胸内の水を抜いた。エコーを見ながら和久井ドクターが二人にいろいろ話していた。前回は有本ドクターだったが今日は鈴木ドクターがしてくれた。局所麻酔をして、次に何かする時にブチューと水しぶきが飛んだようで、和久井ドクターが「鈴木さんがやってますからね～」と冗談ぽく話してくれた。昼過ぎまでおよそ四〇分余りかけて９００cc抜く。この間に、また娘のことや自分のこと、妻の仕事、CBT関係や、もう一つの実技テスト（OSCE。オスキー）について、彼ら三人と話ができてとってもよかった。　～一五時四八分

一九時四四分

夕方トイレに立った時に手帳をポケットに入れてロビーまで歩き、妻にTel。ちょうど一六時頃で、初めは留守電だったが、すぐにびっくりしたように出てくれた。欲しいものをいくつかと、部屋が変わったことを伝えると、いつもより割と早く一七時二〇分あたりに来てくれた。日曜にこのノートと手帳などを持ってきてくれて以来、三日ぶりである。本当にありがたい。

ＴＫＢ（私が設計監理をしたプロジェクトの一つ）の入金などを確認して、あれこれ話をする。すごくありがたかったのはノドあめと缶コーヒーで、重たいのに一〇本も缶を持ってきてくれた。これは本当にうれしかった。ただただ感謝するしかない。すぐにあめを一つなめて、夕食後にコーヒーを一缶飲んだ。娘がらみの話や我々の仕事のことなど、今日、

和久井先生たちと話したことを中心に話して、いつもより少々長めにいてくれた。酷暑の中、ここまで来てくれるのはうれしいしありがたい。　～二〇時〇六分

二〇時二六分

父親について書かれたノンフィクションは、おそらく相当数のものが世の中に出回っていると思われるが、中でも沢木耕太郎の『無名』（幻冬舎）は、しばらく前に読んでとても感動した一冊だ。一九四七年生まれの沢木は、私よりちょうど一回り上の団塊の世代で一一年の差がある。自分の父親の残した様々な手がかりを基に、特に俳句や作文（当時の沢木は自分の父がそんなことをしていたとは全く知らなかったらしい）など、できるかぎりの資料を収集して書かれている。この本はとてもよかった。

もう一冊、小熊英二の『生きて帰ってきた男』（岩波書店）。これはまだ未読で手にもしていないのだが、実父にじかに聞き取り調査をした、いわゆるオーラルヒストリーである。小熊の本は社会学的なものを二、三冊読んでいるが、とにかく必要なこと考察すべきことはすべて書き出して、それを整理して再構成するというような、とてつもない作業量を要するものである。「端折ってしまうと意味が伝わらない」と、本人が朝日新聞の論壇に書いていた記憶がある。私より四歳年下の小熊はほぼ同世代で、その意味では佐藤優（二歳

下）もまたそうである。一方で一九八五年生まれの古市憲寿は、私より息子のほうに近く、このあたりにやはり同じ時代を生きたか否かのギャップがありそうである。

佐藤優いわく、「一つのアウトプットにはその一〇倍のインプットを必要とする」とは、まさしく物書きにとってはごく当たり前のことなのかもしれないが、佐藤自身はその間のノウハウを、五〇〇〇日以上の獄中生活での実践を通してつかみ取っている。今回の私の入院生活がどこまで続くのか不明だが、この貴重な時間は何としてでも有効に使いたい。

～二〇時五七分

八月一六日（木）晴れ

六時一七分

五時二二分起床。四時に夜中三回目のトイレに起きて、そのあとはほとんど眠れず、たうつらうつら、次第に明るくなってきて、北面にもかかわらず夏の朝日が窓越しに射し始めたのをボーッと見ていた。

昨夜は二一時三〇分過ぎにヘッドライトを消灯したが、5号室で初めての夜だけあって、

一時間以上は寝付けなかった。（今しがた夜勤の看護師の坂口さんが来て、血圧他測定。37・1℃）

九時三八分
今日の昼間の担当看護師さんは、六日から休みだったそうで今日初めて会う。その前八時二〇分に夜勤の坂口さんが「代わります。また明後日来ます」と言いに来た。
九時ちょうどくらいに、白髪の初老の医師と和久井ドクター、鈴木ドクターが三人で回診。私の顔色を見て「昨日よりいいね」とのこと。「水を抜くともっと呼吸が楽になるから」と話してくれた。このあと、別の看護師さんにシャンプーしてもらう。彼女から、白髪のドクターが副院長で心臓血管外科をまとめる秋山先生だと聞いた。穏やかでとても優しそうな印象のドクターだった。後で鈴木ドクターに「ロマンスグレーのカッコいい先生ですね」と言ったら、笑いながら「伝えておきますよ」と言われた。
～九時四七分

一三時一四分
一〇時三〇分から点滴、そのすぐあと一〇時四〇分から三回目の胸水穿刺。今回は左側から、昨日と同じく鈴木医師がやる。エコーを見ながら狙いをつけるのだが、一発目はちょっと上だったようで300cc程度しか出てこない。古い血液などが残っていたようだが、取り切れずに二発目もくらう！　肋骨の一本分下に刺すと、当然体液も下に溜まるのでこちらのほうが出がいい。700cc取れて合計1ℓ抜くことができた。

鈴木ドクターによると、手術後、胸腔内ではあちこちで出血その他が続くため、ドレインチューブを入れたままそれらを抜くか、ドレインは早めに取ってこの穿刺で抜くかの違いらしい。「横隔膜が床で、その上で洪水を起こしている」と私が話したらウケていた。水を抜くと肺が広がり咳が出るという話だったが、確かに今日は終了近くに少々咳き込んだ。

（ここでリハビリ）　～一三時二八分

一五時〇四分

一四時三六分にリハビリから戻る。初めて低負荷でバイクを一〇分こいで、ペダルを回す感覚を味わった。リハビリトレーナーの山内さんもレントゲンをチェックして、「昨日よりもずっとよくなってる」と言ってくれた。やはり左側も1ℓ吸い出した効果は大きい。缶コーヒーがうまかった。

一五時三四分

八月六日（月）一五時少し前の発症時のことを、どれだけ思い出せるか？
おやつにしようと、ミニゼリーをバッグに入れようとしていた時だったと思う。ブチッという音とともにとてつもない激痛が左胸に走り、ソファに倒れ込んだ。まさしくこれまでにない痛みで、明らかにとんでもない異変が自分の体に起きていると感じた。近くに妻はいなくて、とにかく誰かに知らせなくては……と思って、義母（自宅ビル内の別の階に住んでいる）へつながる内線子機を取るために、必死でキッチンまで行く。その間、連絡しなくては、との思いのほうが強かったのか、痛いはずの左胸の激痛は意識されなかったような気もするのだが、今ではよく覚えていない。しかし、ボタンの押し間違いが重なりなかなかつながらない。再びソファに倒れて、ようやく義母が出た時に、自分が何を言っていたのかもほとんど思い出せない。ただ義母が、「どちら様ですか？」と問うていたのは覚えている。そこで初めて「耕一です……」と言ったかどうか……。そのあたりで妻が居間に戻ってきた。
（このあとトイレが二回。その間に足湯。さらに看護師のシフトタイム）～一五時五二分
一九時四五分
妻にすぐに救急車を呼ぶよう頼んだ。妻もこちらを見てすぐに異変に気づき、救急要請。

でも妻が電話口で何を言っているのかはほとんどわからなかった。この間に義母もこちらに下りてきた。自分はずっとソファのコーナーで半身をずり落として胸の痛みに耐えていた。妻が母に、「(自宅ビル)一階の玄関に下りて、救急車に建物の場所(入り口)を教えてあげて！」と言っていたような気がする。

近づいてくる救急車のサイレンの音は記憶にない。救急隊員たちがドカドカと入ってきて、すぐさま自分の周りを取り囲んだのは覚えている。でも、何人の隊員がいたかもわからないし、何を言って何を問われたのかも全く覚えていない。ただ隊員の誰かが「チェア式で下ろそう！」(だったか?)と言っていたのは覚えている。何人かがかりで抱え上げられ椅子に移乗したのか、これも不明である。ただ、ドラマでよく耳にするような「1、2、3！」という掛け声は聞いたような気がする。

狭いエレベーターに運ばれると、隊員の一人が「奥さんも乗ってください！」と言っていたと思う。ヘルメット姿の隊員でぎゅうぎゅうづめのエレベーター内の情景は(ものの十数秒のはずだが)薄ぼんやりとしている。割と速いスピードで一階の玄関ホールを抜けたはずだが、ダウンライトの光が頭の後ろに流れていくのも、その時の記憶かどうかあやふやである。

路上に出された瞬間、一気に光量が増し、空が見えた。隣の銭湯の木立が影になって黒々としていた。そのまま我が家の前の道路を北へ向かったのはすぐにわかった。自分がどのような体勢で運ばれているのかはよくわからなかったが、おそらく外に出てストレッチャー式の平らな状態になったのかもしれない。すぐに救急車内に運ばれるかと思ったが、かなりの時間そのままの状態でガラガラと走っているのが感じられた。視界の右側に近所のビルが映ったかどうかあやふやだが、その隣の細いビルの「モチズキ」と書かれた看板を目にしたことは鮮明に覚えている。それを見て「どこまで行くんだろう?」と単純に疑問を感じた時に、救急車内の狭い空間が目の前にあった。月曜昼下がりのいつもの家の前の状況そのままに、路上駐車している車が連なっていたのだろう。今思うと、おそらく救急車は「ハンコ屋さん」の前あたりに停められていたのではないか……(確かではないが)。

確実なことは、「急性大動脈解離」が起こって以降、痛みやその他で失神したことは一度もなく、記憶の有無や濃淡はともかくとして、意識だけはずっと保っていたということだ。つまり「自分が自分である」という状態を、あの激痛の中でもずっと維持できていたということである。もちろんそれには、脇に付き添う救急隊員たちが常にこちらに声をかけていてくれた(はず……? でもたくさんの声は聞こえていた)ことが大きな助けになっていたのは確実なのだが、あの極限状態の下でも自分が自分であり続けられたことは、明らかに一つの幸せなのだと思う。

~二〇時五五分

夕食後のこの時間、四人部屋のカーテン内はとても静謐である。文章を書いたりものを考えたりするにはうってつけだが、相部屋に移って二晩目、わずかずつでも自分の生活リズムを作り出していかなくてはならない。その意味で、毎日のリハビリの時間が一定（一三時四〇分）なのはとてもありがたい。 ～二一時〇六分

八月一七日（金） 晴れ

一一時〇三分

昨夜はほとんど寝られず、朝はかなりボーッとしていた。同室の一人が幻覚を見たり、テレビをつけたり、いきなり声を出したり……と、その都度こちらの入眠を妨げられた。これにには体力的なこと以上に精神的にとてつもなく痛めつけられた。今朝、看護師から漏れ聞こえた話では、その患者は相当強力な痛み止めを使用していて、そのために幻覚を見ることがあるという。同室のこちらに聞かせようとして話していたのかはわからないが、この患者は九時三〇分過ぎに手術に向かい、すでにそのスペースのメンバー替えが進んで

いる。

七時三五分過ぎに家に電話。待ち構えていたようにすぐに妻が出た。私が図書館から借りた雑誌四冊は返却済みとのこと。電話口に息子を呼んでもらい、週末の頼みごとをした。しかし、なんとなく要領を得ず、不機嫌な感じが伝わってきた。このあたりのことはもっとよく考えなくてはならない点である。自分も三七年前に親父が突然倒れたあとは、今朝の息子の醸し出す雰囲気よりも、もっと悪かったはずである。親子という血のつながりは、その意味するところと実際の日常生活での関係とがいつでも一致しているわけではないし（ここで点滴終了）、親子関係の発生自体がすべて偶然によるものなのだから、正解があるわけでもないのだけれども……。　～一一時四三分

一五時二五分
三〇分余り前にリハビリから戻ったところ。山内トレーナーが今日の体調を聞いて、エルゴメーターで20W×二〇分こいだ。ロードバイクとはポジションが違うため、こぎにくいこと極まりない。運動中の血圧は１３７まで上がったが、キツさはほとんど感じなかった。　～一五時三五分（トイレ）
一五時三〇分頃に有本医師がちょっと顔を出してくれて、一目見て「顔色がよくなって

いる」とのこと。リハビリから帰ったばかりと伝え、エルゴメーターを20Wで二〇分やったと言うと、彼も三〇分くらいできつくなってくると言ってくれた。

今日の担当看護師は私と地元が近いらしく、なんと彼女の口から「黒門町」という言葉が出てきたのにはびっくりした。スマホで広小路周辺のグーグルマップを出してくれて、地元の老舗の店などを見せてくれた。この看護師さんには部屋の移動の際にこちらの希望を上げてくれたりしてとてもお世話になったが、まさか地元つながりまであったとは驚きである。

今日のリハビリ前後あたりで、体調はかなりいいという実感は出てきている。しかしパジャマを開いて見た時の胸の傷が、「お前はもう前の体ではない!」と如実に伝えてくる。この傷跡が自分の命のお守りになるようにするためには、今後どうしていけばいいのか?これはもっとも本質的な問題である。　　　　〜一六時〇八分

二〇時一二分

夕食を食べ終わる頃に妻が来てくれた。予定ではなかったので少し驚いた。うれしいのは当然として、厳しい現実も持ってきて、救急搬送で最初に行った東大病院の請求が三万円弱とのこと。他にも娘の下宿代やあれこれの出費もあるようだ。今月は何とかなりそう

でも、問題は九月以降である。当分仕事に戻れそうにもないし、経済的な厳しさはすぐにも迫ってきそうである。

この数日、このノートに向かう夜の時間には、毎晩のように「過去」にばかり目を向けていたが、自分でもわかっていながら近くの未来「すぐ目の前の危機」には目を背けていたのではないか……？　妻は必ずそういった厳しさも合わせて持ってきてくれる。そこも含めて感謝しなくてはならない。文庫本も二冊（加藤周一と福田恆存）を探して持ってきてくれた。

～二〇時四〇分

二〇時五四分、今しがた下剤一五滴分を水に混ぜて飲んだ。

八月一八日（土）　晴れ

七時五六分

六時二五分起床。これまでで一番よく眠れた夜だった。昨夜も三回トイレに起きたが、そのたびにすぐに眠れたようで、頭はボーッとしてはいるものの、また体も少々重くカッタるい感はあるものの、よく寝たことだけは確かである。

明け方四時四五分にトイレに起きた時に、東の空の朝焼けが、薄いピンク状の雲と水平方向のミルフィーユをなしていて、それを何本かのビルのシルエットが縦に切り取り、とても心象深い光景を生んでいた。まさしく『病床八尺』である。子規の随筆集のタイトルだが、彼が構成した根岸の八尺の空間と、今自分がいる駿河台の／／ここで朝食……。

〔注：子規の随筆集の正しいタイトルは『病牀六尺』。退院後、蔵書の文庫本を見て勘違いに気がついた。子規にすれば当然畳一枚一間六尺である。入院時には自分のいる空間が二・四メートルほどだったために、おのずと八尺と書いていたのであろう。一二月四日、記〕

（つづき）九時一七分

日大病院９Ａ棟５号室窓際の八尺とでは、もちろんありとあらゆることが異なるのは当然である。子規が目にしていたのは、今も残る根岸子規庵の狭い庭先の木々の緑と、足元の石や土。空を見上げることはできただろうか？　ほぼ閉ざされ限定された病床八尺の空間に、痛みで身動きができない我が身を横たえたまま、子規は自力で、無限に広がる自分の世界を一七音の言葉の中に生み出したのである。

対して、百十数年後の今の自分はどうであろうか？　およそ二・四×三・〇ほどの空間のほぼ真ん中、電動ベッドに横たわり、北向きの大きな窓に映る景色を眺めている。真正面にも大きな病院、そして予備校のビル、右隣りには駅前の高層ビル、その間の先にはオレンジ色のレンガのマンションと、もしかすると神社の緑か？　北東方向遠くには高層マンションが、手前の黒っぽいビルに半分断ち切られて見えている。カーテンを開くと、一つ先の窓からは、隣の駅前の近年再開発された複合施設の高層ビルだろうか、ベッドに座ったままで目にすることができる。九階という視点の高さもあり、眼下にも雑然とした中小ビル群の屋上や屋根が見えている。私の地元の街並みは、駅前のビルに遮られて、ここからは全く目にすることができない。物理的には、子規が見ていたであろう根岸の空間よりもはるかに広がりのある光景ではあるが、緑は全くと言っていいほどに目にすることはできない。／／ここで看護師の坂口さんが来て、体調について問診。「調子には上下、誰しも波がある」とのこと。一〇時〇五分〜〇八分／／今ふと気づいたが、子規庵の位置もちょうどこの視野の中にあるはずである。ほとんど地べたに張り付くようなゴミのような存在だとしても、他に何もなければ、ここから直に見えるはずなのである。　〜一〇時一二分

一四時五三分

今朝感じた体の重さは、午前中どんどんと増していき、火曜と同じようにグッタリとしてきた。土曜なのに一〇時三〇分にリハビリが入ったが、とてもできるような体調ではな

く、ちょっと手足を動かしただけですぐに部屋に戻ってきた。

すぐに鈴木医師が来て問診していった。右足首から先が相当にむくんでいて、甲の部分はブヨブヨしている。左足首も右ほどではないがむくんでいる。鈴木ドクターはふくらはぎなども両足を触診して、「上までむくんでいないので、足の血管ではなさそう」とのこと。疲れなのか再び水が溜まってきたのか、「様子を見て検査を加えるかも」と言っていた。

坂口看護師が昨日今日のレントゲンを見せてくれて、「左肺下に水が溜まっているような感じがあるけれど、とにかく本人の感覚が最も明確に体調を示しているので、僕らもそれを一番よく聞くようにしています」と言う。それゆえに、常に体の声を聴くことである。

今一五時を一〇分ほどまわり、昼前ほどのダルさは減りつつある気がする。

一五時三二分
さっき一四時三〇分頃に、バーバラ・W・タックマン『八月の砲声（上）』読了。

一七時四六分
前記一行を書いてすぐに坂口看護師が来て、あれこれ話をしていると、一五時四五分頃に息子が来てくれた。ヘルメットにビンディングシューズ＋グローブというカッコで完全なチャリダースタイルである。通帳と生命保険会社からの手紙を渡してくれて、ついでに事務所までのお使いを頼んだ。

今日は外は30℃くらいで朝は20℃。まさしくチャリ日和で、すでに午前中に荒川を一〇〇キロメートルほど走ってきたらしい。上江橋をくぐった先の榎本牧場までのルートについてあれこれ話もできて、とてもよかった。なんでも最近、岩淵水門のあたりで初めてパンクしたと言っていた。予備チューブとミニポンプでなんとか切り抜けたらしいが、交換したばかりの新しいホイールのタイヤが小さくめくれていたという。息子が言うには何を踏んだのかわからないらしいが、「タイヤがダメになったらアウト」だと注意しておいた。

それにしても、わずか数回だったが、この病気になる前に息子と一緒に荒川をライドしておいて本当によかったと思う。果たしてそんなチャンスが今後再び来るかどうか……？

一九時二七分

一八時前に夜勤の看護師さんが来てバイタルチェックをし、再び酸素チューブを使い始める。心電図モニターの端子を三つとも貼り替えてもらった。

一六時半少し前に坂口さんが夜勤との交代を伝えに来た時に、転院のことをちょっと言われた。池袋に日大病院の系列の病院があり、リハビリ中心に診ているらしい。転院はまだまだ先のことと思っていたのでちょっと驚いた。病院側の意図なのか否か、前もって早めに耳に入れてくれたということか……つかみかねる。

一七時一五分頃に息子が戻ってきて、最初に救急搬送された東大病院の診察券と、本を四冊届けてくれた。診察券と通帳を妻に渡すように頼んで三、四分で帰ったが、小口の出金などの伝言を頼みそこなった。屋上の植木の水やりも頼むつもりでいたのに、これも完全に忘れてしまった。あれこれ考えて準備しているつもりではいても、肝心な時にすっかり抜けてしまっているのだ。このあたりは結構ショックである。

夕方読み終えた『八月の砲声（上）』でも、クラウゼヴィッツから引用されていたが（連合国軍隊が統一されず、それぞれ独立した指揮権のもとに作戦することは好ましくないが）、不可避の場合、その指揮官は「慎重で用心深くなければならない必要などはなく、大いに投機的でなければならない」とあったのだ。なかなかその真意はつかみがたいが、とっさの判断や臨機応変さ、パッと思いつきサッとこなせる瞬発力などのことであろうか？　息子の帰り際に、妻への伝言などをとっさに頼めなくては仕方がない。　～二〇時〇〇分

八月一九日（日）晴れ

六時五八分

六時数分前に目覚める。昨日と同じくボーッとして体が重い。左肩の後ろが張っているような感じで、相変わらす息が浅い。六時四五分に夜勤の看護師さんがバイタルチェック（37・3℃。127／72）。夜中に不整脈はなかったと教えてくれた。夜中のトイレは初めて二回で済み、そのたびによく寝た感じはする。しかし、今この時間もそうなのだが、あまり気分はすぐれず、昨日と同じように次第にダルさが増していくような……。ガンバって書き続けようにも、今朝はかなりの努力を要する。左だけでなく背中全体が張っている。

◎同病室、私の向かい側Fさん

先ほどまで看護師と話してたのを耳にし、葬儀屋だと知った。昨日、医師から感染症に関して説明されていた人で、以前に一度、動脈を人工血管に換えていて、今回また別のところを人工血管にしているらしい。急激かはわからないが、上昇した感染の値をずっと点滴で下げてきたが、ここ数日はもう少しのところまで落ちてから下げ止まっているらしい。カツサンドが好物らしく、よく介護士に買ってきてもらっているが、体重は50kgを下回る。当初、得体のしれない人だと思っていたが、いろいろな看護師を相手に話しかける割と愛嬌のある人のようだ。競馬好きで、昨日は必死に競馬新聞を読んでいた様子で、今日は外出するみたいである。昨日の午後には奥さんと息子さんらしい人が来ていて、「どこからいくらおろす」などと相談していた。数日前、看護師には、「孫は一番かわいいね。一番いやなのはカアチャン」などと言っていたのは愛想話のザレごとなのかもしれない。

～七時三五分

◎右隣のMさん
明日、月曜に退院予定。ベッドの上ではほとんど自力では動けないようだが、介助されて歩くことはできるらしい。びっくりしたが、今初めて看護師に「おはよう」と言うのが聞こえた。／／ここで朝食。

九時二五分。朝の貴重な時間は瞬く間に過ぎてしまう。

Mさんは、とても明るくて活発ないい娘さんを持っている。先週水曜日に私がこの四人部屋に移って以降、毎晩来ていて、食事の世話をしている。自分の父に対して優しくキビシク励ましの声をかけながら、「もぐもぐゴックン！」とやっていて、聞いていてとても微笑ましい。時たま奥さんも来ていて、スタッフと退院の打ち合わせなどをしていた。漏れ聞こえてくる話では、娘さんは四〇歳過ぎで、とするとMさんは七十代半ば以上なのだろうか？　夜中に時々、意味不明の声を発したり、食事中には「うががががあ」とかすごいうなり声を出し続けたりするが、意識ははっきりしていてコミュニケーションもきちんと取れている様子である。

◎斜め向かいBさん
昨日の金曜の午前中に手術。飲食店をやっているらしいこの人とは、水・木と二晩同室だったが、正直言ってとてつもなく苦しめられた。消灯後に大声でうわごとを言ったり、テレビを点けたりと、真夜中にさんざん音を立て続けていた。あとで聞こえた話では、激しい痛みが継続していて強い薬を使っているために、幻覚を見たりするのだという。ずっと人工透析もしていて、周辺のにおいもまたすさまじい。カーテン内に大型の空気清浄機を置いてあるのだが、確かに前を通ると何とも言えない悪臭がしていた。日付や時間がわからなかったりと、見当識がないのかと思うこともあったが、これも薬のせいなのかもしれない。　～九時五一分

一一時四一分

今まで二〇分余り、処置室で鈴木医師の右足ふくらはぎエコー検査を受けていた。足首から甲にかけてのむくみがずっと取れず、チェックしてみると血流の悪い静脈（画像で白く濁る）が結構あった。さらに、静脈内に血栓のできている箇所も見つかった。要するにエコノミー症候群のなりかけの状態だということである。動脈は血圧があるので外から押してもつぶれないが、静脈は圧が低く、押すとつぶれる。それがすぐに元に戻って流れもスイスイしていれば問題はないが、よどんでしまうと血栓ができやすくなる。

〜一一時五五分（昼食後に続く）

一二時三四分

モニターを見ていると、白くかすんだ流れの悪い静脈があちこちに結構あって、かなりビックリした。鈴木医師によると、足の血栓は下ほど小さく、心臓に戻るとそこから肺に行くので、肺のどこで詰まるかによって息苦しさの程度も変わるらしい。大きなものは肺の入り口で詰まって大変なことになるのかもしれない。

鈴木医師に右足甲からふくらはぎ、さらに膝の上まで加圧式包帯を巻いてもらった。その際に、「解離した血管壁はくっつくのか？」という質問をしたが、「人にもよるし状態にもよる」とのことだった。「結局は運ですね！」とあっさり明るく言われてしまった。くっついて平らになっていく人もいれば、瘤になって膨らんでいく人もいるのである。もちろん血圧の管理は大切だと思うが、先のことは誰にもわからないのである……。今ずっとニコライ堂の鐘が鳴り続けている。　～一二時四五分

一七時五四分

午後にまとめて、加藤周一『私にとっての20世紀』（岩波書店）の「第一部　いま、ここにある危機」を読み切る。一九九九年〈ベルリンの壁崩壊後一〇年〉あたりを中心に、渡辺一夫が問うた「日本人は変わったのか？」まで、非常に興味深い内容で、すんなりと心の中に入ってきた。「日本の大勢順応主義」を論じてその弊害に危機感を抱きつつも、仮にかつての治安維持法のようなヤバい法律ができてしまっても、政府がそれを行使できないようにするために〝世論〟の反対がとても重要であるとしている。若い世代（要するに今の私も含めて）に対する未来への責任については、低投票率などにも言及して厳しく問うている（加藤は「過去の戦争責任」は彼らにはないと言ってはいるが……）。

読後、一七時一五分過ぎからウォーキング、９ＡとＢフロア全体を三周。おそらく六分

余りで歩いた。　　～一八時一二分

八月二〇日（月）　曇り

五時三一分

今日で発症手術以来ちょうど二週間である。週末明けの、自分にとってもいわゆるBlack Monday……。

五時〇五分過ぎに目が覚めて、夜中三回目のトイレに行ってから、窓のカーテンを開いてそのまま起きることにした。ちょうど七時間だが、よく寝た実感はある。ここに入っておそらく初めてか、朝の空が全面的に灰白色の雲に覆われていて、全く日差しがない。そのため窓の景色に強い陰影はなく、建物もみなのっぺりとしてグレーがかっている。

起きぬけのボーッとした頭でふと、今後の／／五時四五分、今しがた初めて見る男性ドクターが胸の聴診をして「よし、上手くいってますよ。お大事に！」と言ってサッと出ていった。（あとでこの人が本当は秦医師であることがわかったのである）／／自分の生活について考えてみた。収入は仕事のこなし得る量に直接かかわるが、教員を続けるには通勤方法が一番の問題となる。経済的なストックは減少中だし、結局は毎月の不動産収入頼みであることに変わりはない。返済はあと四年余り。娘の卒業まであと二年半。足元のカネ回りはおそらくかなりキツいことになるはず……。

だがそれよりも、このバクダンを抱えた体で日々どのように生きるのか、が最大の問題である。体のリスクコントロールと、「やりたい、やってもいいのか……？」という精神のコントロールを自分の心の中で上手く調整しながら、まさに還暦後の第二の人生を充実させる手立てを考えていこう。

～五時五八分

八時五二分

朝食後の病棟内、あちこちで様々な声や物音がしていてにぎやかな時間帯である。

早朝六時四〇分というもいつになく早い時間帯に、医師団五人が回診に来た。先ほど明け方に来たドクターが問診して、足の血栓や水が溜まった症状について話してくれたあとで、「リハビリ転院なども考えていく」と口にした。すかさず「このまま社会復帰したい」と話すと、「焦らずゆっくり行きましょう」と言われてしまった。

あとで看護師に聞くと、このドクターが秦医師だという。視力が悪いせいか、朝のボーッとした頭のせいか、これまで秦ドクターだとこちらで思っていた人とはどうも印象が一致しない。ただなんとなく、声だけは低めで、「そうなのかな?」とある程度一致した気がする。当然、担当医でないドクターが診るわけはないし、大勢いた中でのトップの立場だったので、たしかにこの人が秦医師だったのだと思う。他には和久井、有本、鈴木各医師と、もう一人いらしたようだった。

これを書いている時に、看護師から「午後に〝造影CT〟の検査が入った」と伝えられる。昼食抜きとなるが、おそらく今朝の回診結果などから判断されたのだと思う。昨日もらった予定にはリハビリしかなかったし、採血(七時一〇分)も今朝になって指示されたのだと思われる。そう考えると、明け方の秦ドクターの聴診と、「上手くいってますよ!」の一言は、執刀医から直々のものだけに、とっても重みがあるように感じられる。

~九時一二分

一二時一四分

CT検査のために昼抜き。一〇時二七分からリハビリ自主トレ、9AとBフロア×八周をこなしているためにかなり空腹感がある。今しがた看護師が来て、CT一五時の予定を伝えてきたので、一三時五〇分のリハビリの調整を頼んだ。

ウォーキングは八周で一三分二八秒。一周で何メートルになるのか知らないが、たかだか一四分弱を連続して歩いただけなのに、けっこう息が上がりそこそこ汗も出た。ゼイゼイするほどではなく、直後の血圧も良好（一〇時四八分：138／74、脈拍75。一〇時五八分：121／59、脈拍74）。

昨日の鈴木ドクターの右足エコーで血流が悪いことが明らかになったので、とにかく自分で歩かなくては……とやってみたが、まあ八周はなんてことはない。しかしこの程度の動きでは腸は止まったままらしく、便意は全くなくて、四八時間通便していない。

～一二時三八分

◎斜め向かいのSさん

声の感じからは三〇歳くらいか。Bさんが手術で出たあとに入ってきた。漏れ聞こえた話をまとめると、私が発症した次の日の八月七日に、同じ動脈解離を起こして運び込まれたらしい。手術後に私がいた個室3号室の隣の2号室に入っていた人で、Bさんが出たあとに移ってきた。要するに、解離の状態は違うにしても、年齢以外はほぼ私と似た経過をたどっているように想像される。血圧が高いらしく、その都度チェックしているようだ。たしかに若年でこの病気になる最大のリスクの一つは高血圧である。結婚しているらしく、若い女性が何回か来ていたし、母親も一回来ていた。

◎隣のMさん

これを書いている間中、ずっと退院準備。今ようやく静かになったが、それまでは息子さん一人で懸命にMさんの支度をしていた。なんでも、いつも来ている娘さんは彼の姉で、急に腹痛で倒れ、父親のことがあるのでそのままここへ救急搬送されたらしい。あれだけ毎晩必死に介護に通っていたのだから、相当ストレスも溜まっていただろうし、疲れもあったと思う。他人事ながらちょっとかわいそうになってしまう。息子さんが来たのは初めてだが、それでもかいがいしく世話をしていた。びっくりしたのは、Mさんが息子さんに促されて、看護師に「ありがと」とはっきり言ったことである。Mさんの自律力は相当残されていると感じられるが、現実的にはこの家族のこれからの生活はかなりの厳しさを伴うものとならざるを得ないだろう。　　　～一三時二〇分

今、一三時四〇分、娘さんが「おまたせ！」とやってきた。どうやら彼女の腹痛は大事には至らなかったようで、本当によかったと思う。

一五時予定の造影ＣＴ検査待ちで、一三時五〇分からのリハビリは結局中止。

一七時五三分

一五時予定の造影CTは、呼ばれて病室を出たのが一五時二八分。注射針のチェックなどをしてCT室に入ったのは一五時四〇分過ぎか。ブッ倒れた日に東大病院で見たのと同じようなTOSHIBAの大きなCTマシンが検査室中央にデンと構えていて、そのベッドに乗り移った。初めに二回ほど造影剤なしで撮影し、そのあと右腕の二〇ゲージの針から造影剤を注入。薬剤が入りだした時に針先にビクッと痛みを感じたが、そのあとは「上手く入ってますよ」という男性技師の声とともに注入されて、次第に体がほてってくる。最後は尻の下までホカホカになるのがわかったが、倒れた直後の病院でもそんな感覚があったかは全く覚えていない。

このあとに三回撮影し、最後の一回は足先まで全身を撮ったような動きを機械はしていた。すべての検査が終わったのは一六時一〇分頃。一六時一六分に病室に戻った。

一九時〇九分

病室に戻ったちょうどその時、秦ドクターが一人で、向かいのFさんに病状（感染の値）について説明していた。そのすぐあとにこちらにもちょっと顔を出して声をかけてくれた。看護師さんに造影剤の針を抜いてもらい、トイレに行って戻ってくると、そこにドクター陣三人（和久井、たぶん石井、鈴木）がちょうど来ていて、なんでも妻からの話として、家族への説明に娘も同席させたいと要望していると伺った。さすがにこの話は寝耳に水で、たぶん病院側から直に妻に連絡が入ったのであろう。「土曜の昼頃がいいのでは？」と和久井ドクター（これまではこの人が秦ドクターだと思っていた）が言ってくれて、鈴木ドクターも、「あまり先に延ばしても、どんどんあとあとになってしまうから」とのことだった。とにかく「家内に連絡してみます」と返事をしてから、再度、社会復帰の時期などについて聞くと、和久井ドクターからは「おおよそ九月半ばではないか」と伺った。ここで大学講師の仕事について話して、九月初めから出たいという希望を伝えると、鈴木ドクターから「予定された手術の人でも三週間から一ヵ月はゆうにかかる」と聞かされた。慌てず焦らず、はやる自分の心を上手に制御するべきか……とも思った。　～一九時三七分

八月二一日（火）　曇り

六時〇七分

明け方五時四五分、秦ドクターが同室の四人全員をサッと回る。一人一人に声をかけていた。私には、幸い右足の血栓は肺には飛んではいないと伝えてくれた。すでに昨日のC

T画像をチェックしたうえでの話であろう。他には何も言われなかったが、「大事はない」と考えていいのだと思う。

今朝も空は一面の雲。視界全体が乳白色気味に淡いトーンに包まれている。～六時一五分

一〇時四八分

少し前にリハビリから戻る。九時少し前にエレベーターで送られていく頃から、なんとなく体調が急降下していくような感じがあり、どんどんとかったるくなっていった。リハビリを始めて一五分余りは立ち上がるのも億劫で、基礎データの測定もキツく感じた。片足立ちはろくに続かず、握力は左右とも33kg。ストレッチもフラフラしたが、エルゴメーターでペダルを回すと少しずつ取り戻してきた。20W×三〇分は全くたいしたことはなく楽々クリア。ただ、意識的に呼吸をしないとすぐに血中酸素濃度が下がってしまう。96とか出た時にはビックリしたが、大きく息を吐くと次第に上がってくる。やはり自転車はラクだし楽しめる。～一〇時五八分

朝食：食パン×2、イチゴジャム／ロースハム×3、インゲン、カリフラワー、マヨネーズ／牛乳

昼食：魚フライ、ブロッコリー、ニンジン、ゴマドレッシング／マッシュポテト／オレンジ半分
夕食：天津、モヤシ／レンコン、ニンジン、大根、キヌサヤ、油揚げ／青菜おひたし

一四時〇三分
今しがた、看護師によるバイタルチェック。37・1℃。122／73。この時に、術後の大きな後遺症はなかったと聞いた。人によっては弓部大動脈から頭へ行く血管への血流が低下したり、心臓への流れ（冠動脈）に影響が出ることもあるらしい。やはり無理のない範囲で、程よい運動を継続することが大切で、その際の血圧管理はもっとも重要になってくるとのことである。きわめて当たり前のことなのだが、体調とメンタル的欲望とのバランスの取り方が問われる。　～一四時一二分

一六時〇二分
今、和久井ドクターが来て四、五分立ち話しができた。これまでのスポーツ習慣（倒れる前日の塔ノ岳トレイルランニングなど）について話して、極力早く出たいとの希望を再度伝えた。和久井ドクターの話では、体力だけではなくて、実際に解離した大動脈がいま

だに急性期であることには違いがなく、まだまだ安定していないということだった。やはりそれが安定するには少なくとも一ヵ月以上かかるとのこと。そのうえ右足に血栓ができたために、サラサラ薬を服用せざるを得なくなり、解離した部分の接着（？）には逆効果になっている。かなりドキッとしたことは、下行大動脈では解離したまま二股に分かれて両方で血流ができているらしい。どこかでこれが膨らんだりしたら、すぐに大動脈瘤になってしまう。解離した部分で血液がのり状になって血管壁同士をくっつけてくればいいのに、サラサラ薬とは……。

退院のためには、体力的なことよりも、この血管壁の安定化ということが最大要因であることは間違いない。和久井ドクターの言うように、ここで一、二週間あせったからといって、その先にどれだけの影響が出るのか？　それよりも今の体の状態に及ぼす弊害のほうがはるかに大きいはずで、その点をよくよく自分で理解して気持ちをコントロールしていかなくてはならない。

ここで和久井ドクターに話を伺えたのは本当によかった。　～一六時一九分

二〇時三二分

発作時に最初に救急搬送された、東大病院ＥＲまでのこと。

救急車のルートは想像するしかないが、おそらく病院までの最短ルートを走ったのであろう。その間も車内では救急隊員があわただしく作業をしていて出発前には体をストレッチャーのベルトで固定されていたのを今しがた思い出した。病院に着いて、正面玄関の庇フレームが頭の上を通り過ぎていったのは割と覚えている。救急車のハッチバックがはね開けられ、ストレッチャーごと外に出されてそのままERに入った（はず……）。そこでERスタッフが大勢群がって体移動（どんな掛け声だったかは今は思い出せない）し、移してすぐに、着ていたハーフパンツや下着、ポロシャツをすべて脱がされた。スタッフが妻に「どうしますか？」と問うていた。このあたりはよく覚えている。ここあたりまでの一連の動きは誠にスムーズで本当に手際がよかった。間髪をいれず引き続き様々な装置が自分の体に取り付けられていたようだが、意識はあるものの、何をされていたのかは具体的には一切わからない（わからなかった……）。ただ、横たわった自分の体周辺はあわただしさが続いていたと思う。

一つだけはっきりと覚えているのは、誰かが「造影CT！」と言って、止まっていたストレッチャーが急に体ごとガラガラと移動し始めたことである。この時、かたわらのERスタッフ（もちろん誰だか全くわからないが）に、「造影剤のリスクは？」と自分で問うていたのも覚えている。「リスクですか……」とその人が言ったあとになんと返してくれたのかは思い出せない。今こうして落ち着いて考えてみると、その人もハラの中では「この緊急時に何をバカなことを言ってるんだ」と思っていたのかもしれないが、これはこちらの勝手な想像である。

そのままCT室に入り（ストレッチャーが動きだしてからおそらく数十秒か）、大きなドーナツ状のCTのベッドにまた移乗させられたのだと思う。すぐに撮影が始まったようにも思えるが、造影剤がいつどうやって注入されたか、「息を止めて」などの音声があったかも含めて、細かいことはほとんど記憶に残っていない。ただ、頭の上をドーナツの内側が通り過ぎていくのは見えていたと思うし、そこから出ていく時に例のTOSHIBAのロゴがあったような（見たような）気はする。

このあと、CTマシンからストレッチャーに再移乗させられ検査室を出たはずだが、その記憶も全くない。気がつくと、少し薄暗い部屋で横になっていて、これまでにないほどの静けさに包まれていた。その時、誰かが「先生方は？」と言うのが聞こえて、別の声が「隣で（画像を）見てます」と返事をしていた。このやりとりはかなりはっきり覚えている。そのあともしばらく静寂の中に横たわっていたのだと思うが、それがどのくらいの長さだったのかは定かではない。

～二一時三五分

八月二二日（水）晴れ

五時五二分
五時四八分に秦ドクター来る。昨日、和久井ドクターに二列になって流れていると聞いたことを伝えると、「そうですよ」と一言。「でも、普通にリハビリして大丈夫ですよ」と言われた。

六時三八分
体重計測に行くためにナースステーション前を通ると、秦ドクターと鈴木ドクターが話をしていたので、しばらく立ち聞き。そこへ有本ドクターが来て三人で回診。あわててベッドへ戻った。

◎秦ドクター談
・大動脈解離の致命傷は、心臓を出てすぐの上行大動脈部分（手術部分）。
・下行部まで解離はそのまま残っている。↓一生そのままで終える人もいる。

・（肩のあたりの）弓部大動脈などが瘤になるかどうかは定期的にチェックを要する。CTを半年に一回。
・転院してリハビリを続けたほうがいい。「僕たちが主治医ですから」　～六時四八分

一〇時四七分

朝食時、坂口看護師が来て、今日担当だという。ありがたい……。転院がらみの話をすると、あとで何か資料をくれるとのこと。一番初めに転院の話を聞いたのは坂口さんからなので、非常に頼りになる。リハビリ後のシャワー予約も取ってもらった。

九時からのリハビリに、初めて自力で歩いて出かける。八時五一分に病室を出たが四、五分余裕があったので、エスカレーターで二階一階と降りてみた。九時ちょうどにリハビリ室前に戻り、すぐに開室。トレーナーによると、負荷レベルの設定が重要で、まだ術後二週間の急性期なので、最大心拍の五〇％あたりだという。自分が思っていた七〇～八〇％はあくまで健康な人のレベルなので、この辺のことは改めてしっかり理解しなくてはならない。

今日は少し負荷を上げて25W×三〇分、運動中の血圧は123／63。一時、上が144まで上がる。やりながら看護師が胸の／／今しがた坂口看護師が来て、いろいろ聞いてく

れた。　　～一一時〇六分

朝食：ロールパン×２／ツナ、ブロッコリー、グリーンサラダ／ジャム、マヨネーズ／牛乳

昼食：ピラフ（コーン、グリーンピース、ニンジン、トリ肉）／エビ、水菜、大根サラダ／白菜あえ／マンゴー

夕食：カレイから揚げ／インゲン、ニンジン／大根、とろろ／カブ／バナナ半分

一四時〇七分

昼食後、読書タイムのつもりで加藤周一の本を手にしたが、そのままウトウトとして、しっかりと寝入ってしまった。一時間弱、昼寝。かなり頭がボーッとしている。一四時一二分頃、坂口看護師、バイタルチェック。転院先となる「関野病院」のパンフレットを持ってきてくれた。心電図モニターでの不整脈はほとんどないとのこと。昼寝後で血圧も１１２、血中酸素濃度97。パンフによると、この病院の関野院長は心臓血管外科であり、リハビリの施設としては充実していると思えた。ＣＴも完備されている。スゴイ！

～一四時四五分

一七時一六分

夕方ウォーク、初めて一〇周通して歩く。（一八分十秒／一周・一分四九秒）

一七時五七分

ここまで書いて妻が来てくれた（一七時一七分～一七時四七分）。二週間ぶりで手の爪を切る。コーヒー一〇缶と水四本を冷蔵庫に入れて、下着をタオル一枚とともに洗濯に持っていった。

妻から聞いて初めて知ったのだが、手術の日、娘が急遽岡山から上京する際にちょうど台風が来ていて、彼女の乗った新幹線が岐阜でしばらく止まってしまったという。なんとかギリギリ中央線が動いている時間に東京に着いて、ここに来てくれたそうだ。そんないきさつがあったとは全く知らなかった。さらにこの週末にも台風が二つ連発で西日本に近づいていて、二五日（土）の医師からの病状説明の時にも、再度同じような天候の危険があるらしい。そのため、妻からは「土曜の昼頃」という時間設定をなるべく後ろへずらしてくれるように／／ここで夕食。

一九時五四分

食べ終わる頃（一八時三〇分）、和久井ドクターと有本ドクターが来て様子を見て「食べれていますね」と言う。さっそく、妻に聞いた娘の上京について話すと、和久井ドクターは一三時には病院を出なくてはならないという。有本ドクターはすぐにスマホで台風情報をチェックして、「金曜遅くには抜けそう」とのこと。娘は前夜に来るかも的なことを言うと、有本ドクターの口ぶりは「前日に来ているのなら」と、どうも土曜昼前の早い時間帯のほうがよさそうな感じであった。和久井ドクターはかなり理解されていて、「せっかくの機会だし、娘さんも一緒に聞けば勉強にもなるし、すごく印象に残るでしょうね」と言ってくれた。妻に言わせれば、娘は〝雨女〟なので毎回あたりが悪いのだが、いずれにせよ私の病気のせいで家族みんなに多大な負担と迷惑をかけているのは間違いないことである。

～二〇時〇九分

八月二三日（木）　晴れ

朝食：ロールパン×2／ツナ、パプリカ、サニーレタスサラダ／ジャム、フレンチドレッシング／牛乳／バナナ半分
昼食：タラ南蛮揚げ、もやし、ニンジン／カボチャ煮／大根、ニンジンあえ／もみキュウリ／パイナップル
夕食：マーボーなす、パプリカ／エビ、白菜あんかけ／カリフラワー、ニンジンあえ

六時四七分（南ラウンジにて）
朝ウォーク五周を終えて、初めて南側のラウンジに来てノートを開いた。視界のすぐ右手、目の前に磯崎新さん設計のビルが見える。かつてのポストモダンデザインも、今日さしたる違和感もない。南東方向から南にかけて大手町からは、高層ビルが群れを成して林立している。二、三箇所にそれぞれ二本ずつタワークレーンが上がっていて、オリンピックに向けていまだに建設ラッシュである。七時近くになり朝日を浴びてまぶしいくらいだ

が、視力がなく一つ一つを特定できない。空の半分は白い大きな雲に覆われて、青空は三分の一くらいか……。視界に入る都心のこのエリアは、まさしく日本経済の一大中心地には違いないが、ここから眺めている限りでは、その内部で個々の活動がなされているということはなかなか実感しにくい。　～七時〇二分

八時五六分

朝食後、坂口看護師が「今日も担当です」と薬を届けてくれる。

彼と血栓や解離のことなどを話す。背中や腰などに妙な痛みが続く場合には、さらに解離が進んだりしている恐れがあるという。ウォーキング後の血圧も、その直後に上がるのは当然で、一五分後ぐらいに下がっていれば問題はないらしい。「血圧が上がりっぱなし」という状態がやはりリスクだし、何か異変のサインでもある。　～九時〇八分

一一時四三分　９Ａ棟５号室・人模様

今、看護師と話している斜め向かいのＳさん（四五歳）には、なんと三人も子供がいる。女・男・女の三人で、上は専門学校生、真ん中は高一、下は小学生らしい。毎夕のように来ている奥さんはパートに出ているようで、Ｓさん自身は土木系（橋など）の現場監督で

ある。これまで全く子供の話は聞こえてこなかったが、四五歳という年齢からすれば子供がいるのは至極当然で、三人というあたりに少々驚かされた。

私の一日後、八月七日（火）に緊急手術を受けていて、時間経過はほぼパラレルである。しかしSさんには既に大動脈瘤が二つ（?）できているようで、一つは今のところ問題ないようだが、もう一つはかなり危険な状態らしく、来週水曜に再手術が決まっている。私と同じ日（八月二〇日、月曜）の午前中に先にCTを受けていて、その結果これが判明したようである。秦先生が、「何が起きているか、はっきりわかっているから大丈夫」というようなことを言っていた。Sさん自身かなり不安があるはずだが、漏れ聞こえてくる声はいつも明るく朗らかである。　～一二時〇一分

一二時五一分
右隣のIさんは、二〇日（月）にMさんが退院後、夕方から来た六十代半ばくらいの人。今日で術後九日というので、先週一四日（火）に手術を受けたらしい。おそらくその翌一五日（水）に、私が出た3号室に入った人である。ここに来た日に石井ドクターが奥さんに、「ステントの位置はバッチリ」と話していた。／／ここで心臓リハビリのレクチュア。（一三時四二分～）おそらく解離ではなく、冠動脈あたりの疾患であろう。今日の昼前に

石井ドクターがIさんからいろいろなチューブを抜いていった。点滴も取れたようで、さっきまでの心臓レクチュアに一緒に参加していた。

昼食時にフッと思ったが、親父は一九八一年三月に倒れて長期入院後、初夏に退院してから、果たしてどんな思いで毎日の生活を送っていたのだろうか？　もう今となっては想像するしかないのだが……。

一五時二三分

一五時過ぎにリハビリから戻る。30W×三〇分を、まあラクラク回した。運動中の血圧もそれほど上がらず、１２７／54、脈拍83だった。心臓リハビリのレクチュアをしてくれた循環器のドクターが回ってきて声をかけてくれる。やり過ぎにならないよう、気持ちと体のバランスが本当に重要である。破裂してしまっては何にもならない。

今日は朝からずっとバーバラ・W・タックマン『八月の砲声（下）』を読み続けている。一九一四年八月二六日から（もちろんそれ以前から続くが）、東プロイセンをめぐる有名なタンネンベルクの戦いが始まる。この場面でいよいよ、退役していたヒンデンブルクが復活、その参謀長にルーデンドルフが起用された……。

一八時〇二分

一七時頃、妻が直にナースステーションに電話をして、土曜の時間について話したらしい。そのあとすぐ看護師が知らせに来て、一二時からに決まったとのこと。どうやら娘は台風をやり過ごして当日朝に岡山を出るらしい。今しがた和久井ドクターが来て、その件を確認した旨、伝えてくれた。

☆自分として聞くべき事項をまとめておくこと!!　～一八時〇六分

・解離の部位、長さ、程度、隙間など現状確認。

・解離した部分をくっつける方法？

↓解離したままでいいのか

↓血流が二列のままでいいのか、どんなリスクがあるのか？

そこに血栓が詰まるリスク↓瘤になるか？

自覚的に「瘤ができた」という感覚は得られるのか？　一般的にどんな感じなのか？

・病状の急変はありうるのか？

・感染症、カビ？

・この先（短期、長期）どのようなことが想定されるか？

・目の手術（白内障＋黄斑前膜）。

八月二四日（金）曇り

六時一七分

いつもより遅めの六時に秦ドクター。夜中に三回も起きてしまうと言うと、「環境が変われば、また変わりますから」と返された。股関節ずわり（足の裏同士をぴたりとくっつけて手前に引き、両膝を左右に広げるストレッチポーズ）をしていた時で、背中の聴診をしてくれたが、確かに秦ドクターの言うように、環境の変化をいい意味でとらえよう!!

朝食：食パン×２／プロセスチーズ、ミニトマト、レタス、キュウリ／イチゴジャム、フレンチドレッシング／牛乳／バナナ半分

昼食：サバ焼きカレー風味／キャベツあえ／ヒジキ、ニンジン／オクラ、ノリ、とろろ／オレンジ半分

夕食：チキンソテーピカタ／インゲン、コーン

今朝、窓の外は一面の雲。かなり灰色がかっていて薄暗い。昨夜初めて七時のニュース

を見て、ちょうど台風20号が四国に上陸間際だと知った。〇時頃に岡山と兵庫の県境あたりをまっすぐ北上して、三時頃に日本海に抜けるという予報だったが、今時分、娘のところはどうであろうか？　近畿・東海は吹き返しの南風や雨もまだ強まるらしいが、娘はそれを避けて、明日の朝こっちに来るらしい。　　～六時三二分

六時四七分

今、改めて外を見ていたら、雲がどんどん北へ向かって動いているのに気づいた。そしてちょうどパラパラと雨が降りだしてきた。視界はグレーで／／今六時四九分、有本ドクターが来て聴診「特に問題はないですよ」／／窓ガラスにはかなりの量の水滴がついてきた。日大病院９Ａ棟５号室からの〝病床八尺〟も、この週末が最後で、来週初めには池袋の関野病院へ転院である……上野方面へ向けて雲はどんどんと流れている。～六時五六分

一六時〇五分

一三時四五分から自主リハビリで、初めて一二周歩いた（二一分四五秒。一周・一分四九秒）。シャワー予約に合わせて歩いたので、歩き終えてすぐにシャワー。とても気持ちよかった。ベッドに戻って髪をタオルドライしてホッとした時に、秦ドクターが有本ド

クターを連れて夕方の回診。「明日、ご家族に説明しますから」と声をかけてくれた。

一五時三〇分から、講師を務めるNとADSへTel。自宅以外へ連絡を取るのは入院以来初めてである。まずはNの教務部のUさんに「田中です」と名乗るとすぐにわかってくれた。明らかに教務全体できちんと把握してくれている。現況説明をして、九月三日からの週をすべて休講依頼した。驚いたのはUさんにも大動脈瘤の既往症があり、他人事とは思えないと言ってくれたことである。なんとも不思議なめぐり合わせだ。

続けてADSへTel。A先生は不在でT先生が出た。妻が連絡した相手が誰だったのかはわからないが、T先生は詳しい症状を知らないというので、現状を概略伝えた。「講評には出たいが、通勤途上がまだ……」と言うと、T先生は「まずはお体のほうを大切にしてください」との話だった。とはいっても、UD課題（アーバンデザイン、都市計画を主眼とした設計課題）の評価ポイントなどについて、やはりこちらの意図などを伝えておく必要はあろう。　～一六時四六分

八月二五日（土）晴れ

六時五五分

台風20号が過ぎてよく晴れた週末の朝、御茶ノ水上空から上野にかけて窓から見える空は、視界を斜めに秋っぽい薄い白雲が帯をなしている。病棟内も徐々に目を覚ましているが、今七時になってもかなり静かである。四時五五分に夜中三回目のトイレに起きたが（一晩三回は、このところ連日恒例）、今朝はもう一度寝入ることができて六時二〇分に起床。〝早朝の秦先生〟がない分、余計に眠れた気がする……？　～七時〇三分

朝食：ロールパン×2／カニ足×3、レタス、タマネギ、マヨネーズ／牛乳／バナナ半分
昼食：冷うどん／ハム、錦糸卵、キュウリ、もやし／トリひき肉、サトイモ／バナナ半分
夕飯：揚げ出し豆腐、鳥そぼろ、ゴボウ、ニンジン、ごま／ホウレンソウおひたし

一〇時三〇分

朝食の食器を下げようと立ったところに和久井ドクターが石井ドクターと有本ドクター

を連れて回診。「娘さんはどのあたりかな?」とかなり気にされている。この時に、父が亡くなった時のことや、それに関しての今現在の自分の気持ちや希望を先生方に話した。何があっても親父のように四年八ヵ月で死ぬわけにはいかない。もっと長く九二歳を超えれば、二一世紀の後半を見ることができる。まさにワガママ極まりない話なのだが、ある程度は先生方にも伝わったはずである。 ~一〇時三七分

一四時一五分

一二時ギリギリで妻、息子、娘が病室に来て、すぐに和久井ドクターから、手術前後の症状と何が起こったのか、どのようなことをしたのかなどについて、その後の経過も含めてCT画像を見ながら説明を受けた。

最初に搬送された東大病院でのCTを見ると、造影剤で真っ白く映る大動脈の真ん中あたりに、黒々とした筋が心臓の先から逆U字を描いて下行大動脈のほうまで、長々と続いているのがわかった。裂け始めの部分は心臓のすぐ上のあたりで、三層ある血管壁が解離し、その内部に血流が生じてしまう。そこを「偽腔」と呼ぶ。 ~一四時三三分

元々の血管内を真腔というが、画像を見ると、黒い亀裂は大動脈のほぼ中央を少しうねりながら走っていた。抽象画のようにも見えるが、要はこれが今、自分の体の中で生じて

いるのである。

手術後二週目の二〇日（月）夕方に撮ったCTでは、上行部分が真っ白になっていて、当然亀裂は見られない。その先で逆U字を描いて、下がり始めの部分が少し膨らんだ感じになっている。偽腔側は真っ白ではなく、少し靄のかかったような薄いグレーの感じだった。ここが最も動脈瘤になりやすい部分のようで、亀裂の最終部（リエントリー）から血液が逆流しているという。これがどんどんと大きく膨らんでくると危険で、そうならないためには徹底した血圧管理が大切になる。

～一四時五五分

一六時一三分
一五時半から週末リハビリでウォーキング。看護師が心電図をモニターしてくれていたので、そこそこのペースで三〇分歩いた。途中、看護師が追いかけてきて、電波はA棟内しか飛ばないと言われたので、AB二周以降はA棟のみを回った。一周が短くなったので、全部で何周できたのかはすぐに数えられなくなった。かわりにバックステップやサイドステップを試してみたが、どうもバランスが悪くて腰も上手く回らなかった。でも三〇分の連続ウォークは初めてで、まあ上出来である。
直前：血圧123／69、脈拍63。直後：血圧145／79、脈拍82。

一九時四四分

昼の和久井ドクターの説明を思い出しつつ、ノートを見返していて今フッと気づいたのは、解離した大動脈の偽腔内とは、通常三層ある血管壁が一枚少ないということになるわけであろう。当然その分だけ血管壁は薄くなっていて、圧力に耐える力も弱いはずである。それゆえに血圧を低く保つことが大切になってくる。本来三重になって圧に耐えるべきところが二層しかなければ、それだけリスキーであることは間違いない。このことは肝に銘じておかねばならない。

説明後、一時間遅れの昼食を病床でとりながら、妻、息子、娘と三〇分余り話す。和久井ドクターは何回も娘にいろいろと質問しながら説明をしてくれて、本当にありがたかった。妻も家に戻ってからの生活などについていくつか聞いていたが、とにかく家族全員で和久井ドクターから話を聞くことができて本当によかったと思う。来週火曜に池袋の関野病院へリハビリ転院が決まり、息子が休みをとって付き添ってくれることになった。

三人をエレベーターホールまで見送った時に、娘が何度も振り返って手を振ってくれた。

〜二〇時〇九分

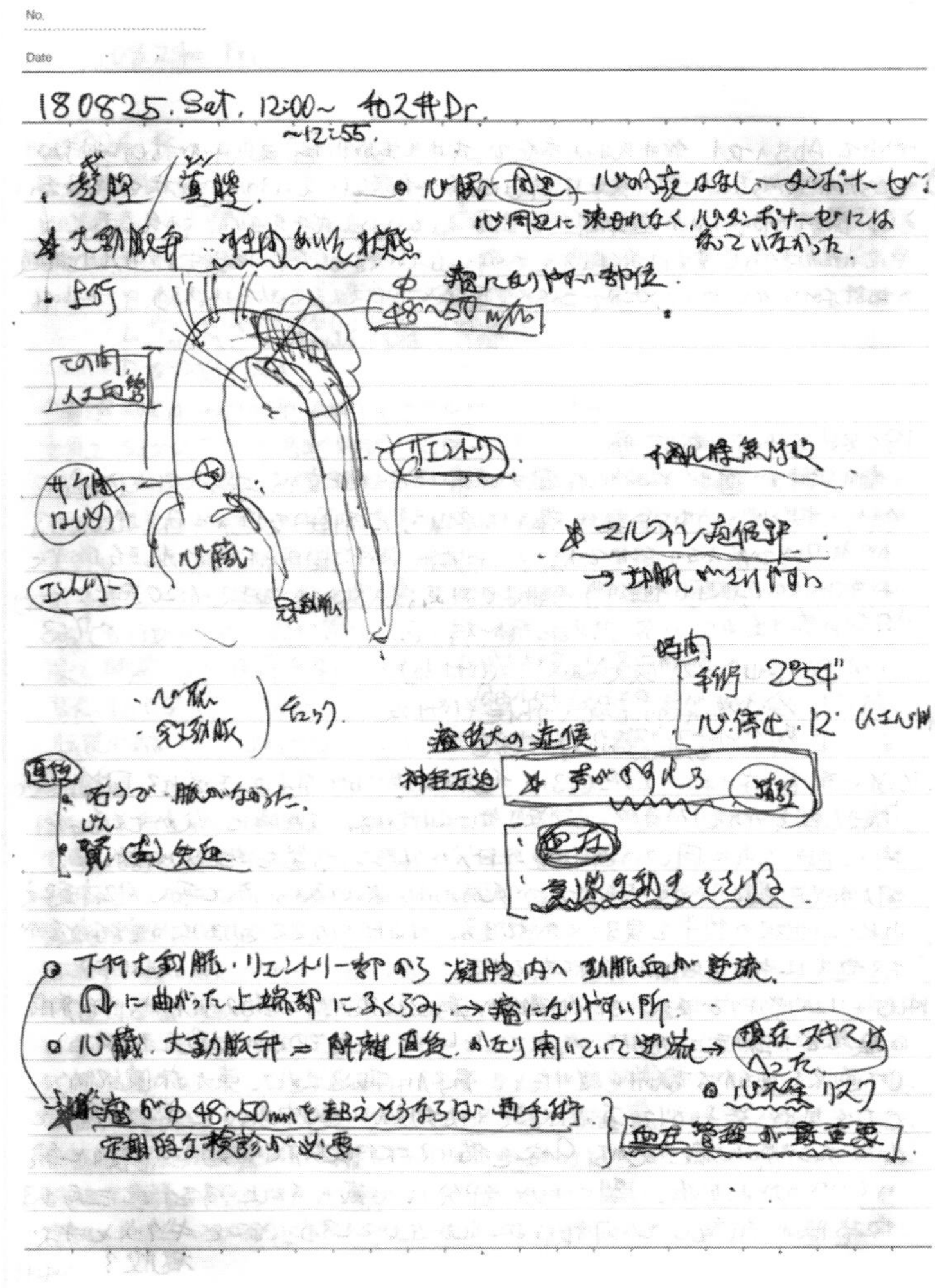

手術後19日目、執刀医である和久井先生から説明を受けた時のノート

八月二六日（日）　晴れ

六時五四分
日曜早朝、よく晴れて外の世界は静かである。昨日、息子に植物の水やりを頼むのを忘れてしまったが、バラやテッセンは大丈夫だろうか？　私が倒れたことにより、家族はもちろんだが、屋上の樹木たちも大変な目にあっている……。
ここでの生活も明後日火曜の午前中までと、残すところ二日半である。「考えておくべきこと」を再度きちんと書き出しておこう。　～七時〇四分

朝食：麦ロールパン×２／蒸しチキン、サニーレタス、ニンジン、マヨネーズ／牛乳／バナナ半分
昼食：厚揚げ、シイタケ、ニンジン、白菜／シェルパスタ、キュウリ、コーン／マンゴー
夕食：タラ焼魚／茶碗蒸し／しめじ、イモ、ニンジン、キヌサヤ／ふりかけ

九時一六分

将来設計
短期：社会復帰、日常生活の安定
中期：年内まで／冬（寒さ）に向けて体調維持、さらに体力向上
長期：再発予防／安定性の維持（血圧・ストレス）

このように書き出すと、どれも極めて当たり前のことに思えるが、それらの当然のことを、メンタルな負荷とならずにそつなくこなしていかなくてはならない。しかし、入院中やむを得ずほったらかしにしておいた細々とした雑用に加えて、入院費や保険請求など様々な手続き上の仕事が多々あるはずだ。昨日も妻が保険がらみで、看護師に正式な病名と手術名を問い合わせていたが、これらのことだけでも大変な仕事量になる。一つ一つ整理していこう。

先ほど朝食後の薬を持ってきた看護師に、「娘さん、間に合いましたか？」と聞かれたので、昨日の和久井ドクターとのやり取りをいくつか話した。今日の担当とはいえ、いろいろな人が気遣ってくれてとてもありがたい。　～九時四二分

一二時四九分
昼食前にウォークしようとラウンジで血圧を測っていると、隣のベッドのIさんが来て

少し話をした。彼は、当初息苦しいということで肺のCTを撮った時に、下のほうに白い塊が見えたため精密検査を受けたら腹部大動脈瘤だったという。既に5㎝ぐらいに膨らんでいて破裂の恐れがあったので、一四日に手術をしたとのこと。偶然にせよ、こんなリスキーなものが見つかって事前に処理できたのだから、やはりIさんにとっては幸運なことだったと思う。

私の場合も、解離したままの大動脈がいつ膨らんで瘤になるやもしれないというリスクを、この先ずっと抱え込んだまま生きていかなくてはならない。秦ドクターの言うように、このまま寿命を全うする人もいるのだから、まさに「一病息災」で何事も中庸を保ちながら「ほどほどを良し」として過ごしていこう!!　～一三時〇七分

一九時一五分

夕食前にバーバラ・W・タックマン『八月の砲声（下）』読了。この数日は加藤周一は隅に置き、ノート取りもあまりしないで、タックマンの本に集中した。パリを目前にするまでに進行したドイツ軍は、八月三〇日から九月三日にかけて、その最右翼を担うフォン・クルックの第一軍が急に南東へ進行方向を転換した。そこには隣の第二軍ビューローとの確執やOHLモルトケとの思惑の違い、さらにはクルック自身の判断ミスや功名心など、

様々な要因が折り重なっていた。対する連合軍側も、直に相対するフランス第五軍ランルザックの更迭や英軍ジョン・フレンチの及び腰など、まとまりを欠いていた。そんな中、急遽パリ防衛の司令官に任命されたガリエニの、チャンスを逃さず寸刻の時間も無駄にしないで攻勢に転じようとする情熱が、悩めるモルトケの遅ればせの決断をわずかに上回った。九月五日以降、パリ東部マルヌ川で激突した両軍の攻防は、史上名高い〝マルヌの会戦〟としてこの作品のクライマックスとなっている。

戦勝目前と思われたドイツ軍は退却を余儀なくされ、その腹いせにランスを第二のルーヴァンのように焼き尽くした。一方の連合軍側もかろうじてパリは死守したものの完勝とはならず、フランス東部の広大な自国領域をドイツに抑えられたままになってしまう。マルヌ以降四年にも及ぶ凄惨な塹壕戦は、人命はもちろん資源や物資、さらには人々の希望など、あらゆるものを泥沼の中へ呑み込んでしまう西部戦線となった。それはどの国にとっても誰にとっても、抜け出ることのできない罠となり、戦争に対する幻滅だけを残したという。

一〇四年前の八月四日、ドイツ軍のベルギー侵攻から始まる戦争は、ロレーヌやアルデンヌなどの〝国境の戦い〟、東プロイセンをめぐる対ロシアとの〝タンネンベルクの戦い（八月二六日～三〇日）〟、そして九月初めのこのマルヌの会戦までのわずかに一ヵ月余りの経過が、まさしく私を襲った急性大動脈解離と緊急手術、それに続く入院生活と、ほとんどパラレルになって進んできているように思える。単なる自分の勝手な思い込みに過ぎないのではあるが、この入院中にタックマンの『八月の砲声』をすべて読み終えたことは、自分の現状とこの先について考えていくうえでも、必ず役に立つものだと思えるのである。

～二〇時一九分

二一時〇六分

とても重たい本を読み終えた直後だけに、さすがに先ほどから三〇分余りボーッとしたまま自分の〝病床八尺〟を眺めていた。様々な思いが次々に浮かんでは消えていくので、失わないように書きとめる。

・今日八月二六日、まさしく一〇四年前の今日、東プロイセンでタンネンベルクの戦いが幕開け。直前になって起用されたばかりのヒンデンブルク／ルーデンドルフのコンビは、この時何を思いどう考えていたのか？

・「病床八尺」といえば、やはり正岡子規である。自分も明日の月曜で急性大動脈解離発症後丸々三週間経つが、子規はそれよりずっと長い期間を八尺の空間で過ごしていたはずである。そこで彼は何を考えていたのか？

合わせて、なぜかわからないが中原中也に思いが飛んだ。『汚れっちまった悲しみに』を全文思い出そうとしたが、どうしても最初の一連しか出てこない……。

• 目の前のベージュのカーテンをボーッと見ていたら、突然マキァヴェリが浮かんできた。五〇〇年余り前のフィレンツェで、毎晩真夜中になると真っ白い装いをして一人自室にこもり、古の賢人たちと会話をしたという。マキァヴェリいわく、「こちらが真剣に問いかけると、彼らもまたあらゆることを真摯に答えてくれる」。実際にそれがどのような状況を意味しているのかは想像するしかないのだが、その空間が病床ではないのは当然として、マキァヴェリにとっての聖域となっていた〝八尺〟なのかもしれない。

• 今頃浮かんだのは、やはり漱石である。それもロンドン留学時代に精神を病みかけた頃の漱石である。英語は達者で、おそらく会話には困らなかったと思われるが、異国の下宿先でこんな夜に一人何を思っていたのであろうか？　漱石は短期間に、ロンドン市内でいくつもの下宿を転々としていたという。

～二一時五〇分

八月二七日（月）　晴れ

六時四四分
三週目の朝、五時五五分に秦ドクターが来て起きる。このところ毎晩規則正しく三回トイレに起きるが、そのたびに眠れてはいる。六時三五分頃、再び秦ドクターが有本、鈴木両ドクターを連れて回診。この時、鈴木ドクターにスケッチを見せて、大動脈が体内でどんな経路を通るのかを聞いた。大きく逆U字を描いている太い血管は、肩幅方向で回るのではなく、体のほぼ中央前側を上行して逆U字となり、下行は「どちらかというと背中側」背骨の脇を下に向かう。よって曲がり端の位置は、背中側、肩甲骨の少し下ちょっと中央から左あたりになる。鈴木ドクターによると「瘤として膨らんでも痛みなどの自覚症状は出ない」とのことなので、本当に恐ろしい爆弾である。　～七時〇六分

朝食：ロールパン×２／ツナ、レタス、ゴボウ／牛乳／バナナ半分
昼食：チキン照焼き／マッシュポテト、ニンジン／ホウレンソウおひたし
夕飯：冷サバ揚げ、トマト、タマネギ／ニンジン、ポテト、グリーンピース／ブロッコ

リー、タマネギ、コーン／オレンジ

一九時一二分

日大病院も最後の夜となり、テーブルを窓側に寄せて、初めて夜景を眺めながら夕食をとった。南面する都心側とは異なり、それほど超高層のビル群があるわけでもなく、光にあふれて明るいという感じではない。大きな病院がいくつか見えるが、みな病室の灯なので、事務所ビルのように煌々とはしていない。繁華街の方向は手前のビルで隠されているために、余計に暗く感じてしまうのだろう。

一八時一〇分頃、息子が来てくれた。帰りがけに寄ってくれたようで、明日の荷物などの打ち合わせができてよかった。あらかじめメモ書きはしておいたので直接話せたし、電話などではらちが明かなかったと思うと、本当にありがたい。娘はもう一泊して、昨日日曜に岡山に戻ったという。一〇分ほどいて洗い物を持っていってもらった。帰りにナースステーションに寄って時間などを確認していくと言っていた。　～一九時三五分

二〇時〇三分

息子が帰るあたりから雲行きが怪しくなり、時折ピカッとしていたが、先ほどから割と

激しい雷雨になっている。窓ガラスに雨水がびっしりと打ちつけていて、真っ暗な空には何回も稲妻が走っている。この9A棟5号室の〝病床八尺〟での最後の夜を飾るにふさわしい雷神たちの競演であろうか……、稲妻の光に合わせて雷鳴もあちこちから響いてきて、まさにシンフォニーのようである。

～二〇時一〇分

二〇時四一分

三〇分余りが経ち、雷鳴も雨音も消えて、雷神たちは遠のいていった様子である。ガラス面には水滴がたくさん残っているが、一大交響曲はフィナーレになったと思える。見納めにぴったりのささやかな（?）自然のページェントだった。

明日は池袋の関野病院に移るが、果たしてどのような環境なのか？　新たにまたそこで自分の〝病床八尺〟を構築しなくてはならない。物理的な空間だけではなく、周囲の人々との関係作りもまた重要な要因である。今日の最後のリハビリで、担当の看護師が「大体二週間ほどです」と言ってくれたが、自分の心の中の「はやる気持ち」と「抑える気持ち」とのバランスを、いかにストレスなく調整するかが、今後ますます重要になってくる。

今朝から加藤周一の『日本文学史序説（上）』（筑摩書房）を読み始めた。まだ最初の「日本文学の特徴について」を少し読んだだけだが、非常に面白い。単なる文学史というよりも、日本の文化やその背景をなす思想が、有史以降、どのような過程を経てつくられてきたかに関して、文化の根幹をなす文学作品を取り上げて分析したもので、いわゆる加藤のいう「日本文化の雑種性」に連なるものであるような感じがする。この大著を、関野病院入院中に読み切ることができるかどうか……ガンバリどころである。

〜二一時〇八分

八月二八日（火）曇り

六時〇三分

転院の朝、昨夜の雷雨のなごりか、空一面淡いグレーの雲で覆われている。秦ドクターは、いつもより少し遅めの五時五八分に来て背中を聴診。下行大動脈が通る部分だということは昨日鈴木ドクターに教わり、彼もそこを聴いているのだ……と、その意味もわかった。秦ドクターは毎週木曜に池袋の関野病院に行っていると話してくれた。それだけで、やはりとても安心できる。

日大病院に救急搬送されて丸三週と一日。その前に救急搬送された東大病院ERにはおそらく四時間といなかったか、と思われるのだが、ここにすぐ受け入れてもらって本当に

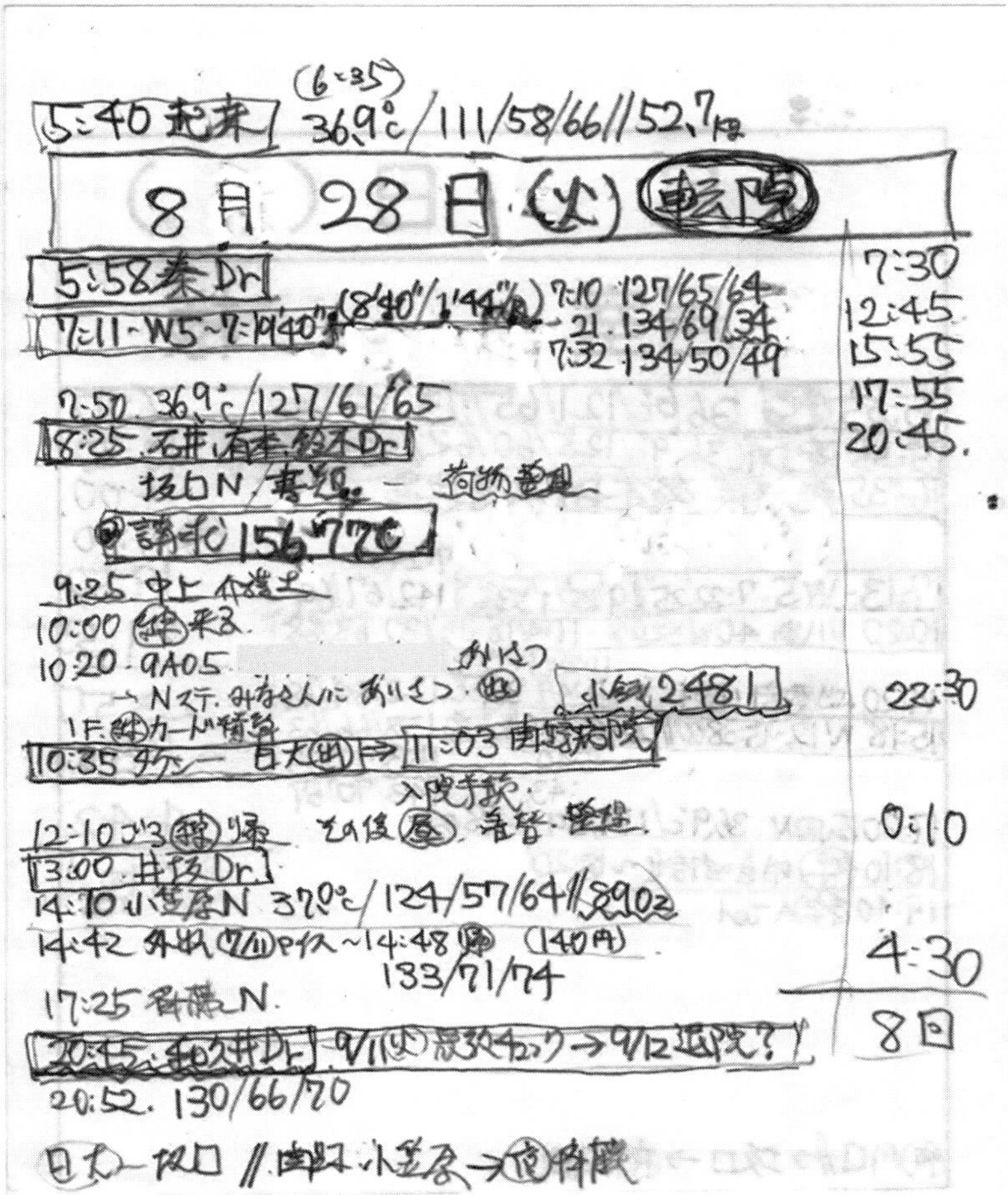

手術後22日目、大学病院からリハビリ病院へ転院した日のメモ

よかったと思う。月曜夕刻という時間帯も運がよかった。今、秦ドクターから直に聞いたように、木曜日だったら彼はここにはいなかったのだから……。

急性大動脈解離にかかってしまったことは、自分にとっての最大の不幸であるが、それ以外のほとんどすべては——転送されてすぐに日大病院で緊急手術を受けられたこと、重い合併症はほとんどなかったことなど含めて——とても運がよかったということなのだ。マキアヴェリいわくの〝フォルトゥーナ〟は今もずっと自分とともに在ると思える。日中、自宅で倒れたということ自体がやはり最大の「運のよさ」であろう。この先もずっとフォルトゥーナにしがみついてでも、還暦以降の人生の二サイクル目を充実させて生きていこう。

~六時二九分

続病床八尺

関野病院４０２号室の日々

二〇一八年八月二八日〜九月一二日

八月二八日（火）　曇り

一四時五八分

関野病院４０２号室。一五時近くになり、ようやくホッと一息つく。

一〇時ぴったりに息子が９Ａ棟５号室に来てくれた。荷物の整理はほぼ済んでいたので、着替えて冷蔵庫の缶コーヒー等をまとめ、靴を履き替えて準備完了。最後に看護師の坂口さんが忘れ物などがないか一通りチェック。息子の身なりが以前とは全く違うのに少々驚いていた。同室の三人に一渡り挨拶をして、ナースステーションでもみなさんに挨拶してから、一〇時半頃に一階玄関に降りる。結構たくさんの看護師が声をかけてくれ、手を振って見送ってくれてとてもうれしかった。

息子と二人、タクシーで池袋へ。一一時〇三分に関野病院着。一階の待合は大勢の患者で埋まっていた。体重・身長測定後、すぐに病室４０２号室に案内された。三人部屋で、今回は窓側ではなく、日大病院に比べてとても狭い。蛍光灯（40Ｗ×２）がベッド真上にあるので照明的には割と明るいが、この狭さはかなり息苦しいし、キビシイ〝病床八尺〟になりそうである。まだここに移って四時間余りだが、いかにして物理的環境を整えてい

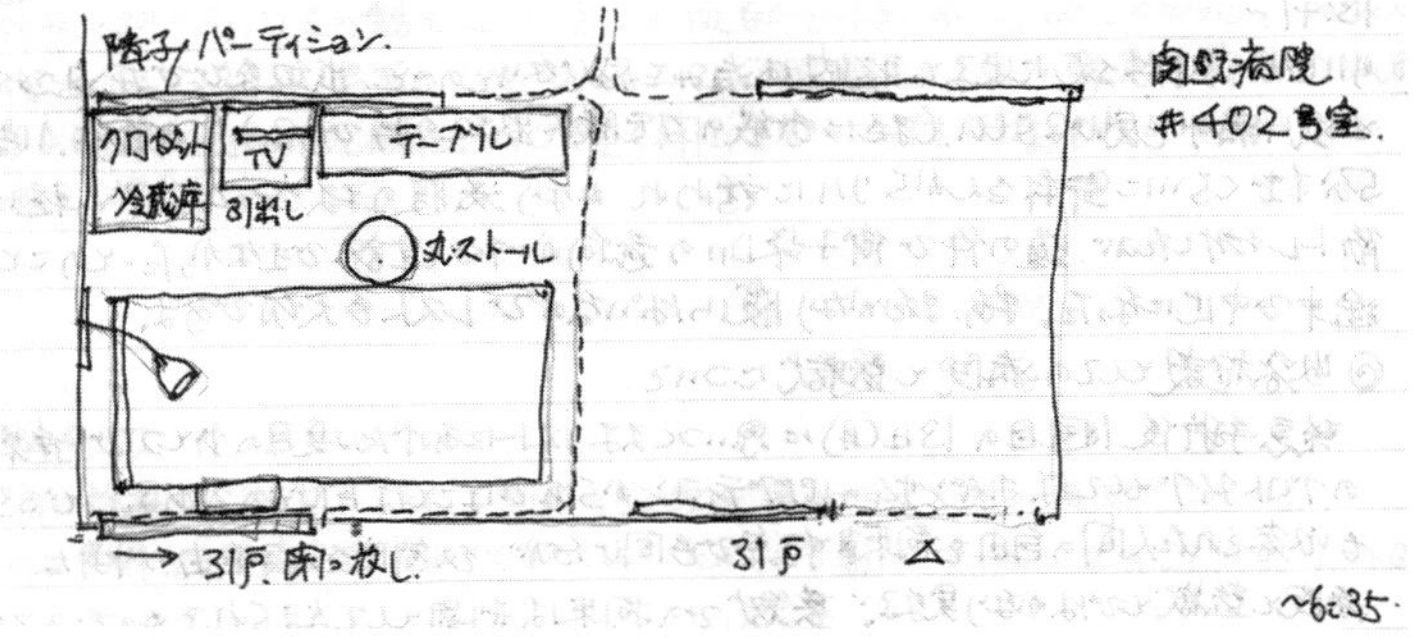

2018年8月28日、リハビリ病院転院時に最初に入った402号室のスペースを示した平面スケッチ

くかは大きな問題である。息子も入ったとたん「狭いなあ」と一言。〝八尺〟どころか「七尺×五尺」くらいかもしれない。とりあえずＬＥＤの小さなヘッドライトがあるので、夜にどの程度本が読めるか……。

息子に日大病院の支払い（一五万六七〇〇円）や、義母や新生Ｓ（自宅ビルの管理会社）への振り込み方についてのメモ書きを渡して、カードなどの財布も持って帰ってもらった。

（一二時一〇分過ぎ）そのあと少し遅めの昼食が出て、前後して、初めて会う井坂ドクターが来て、ＣＴの同意書などについて書類を渡された。今朝、坂口看護師から渡された、日大病院からの治療情報一式資料の宛名になっていたドクターである。パッと見の印象は、有本ドクターと同世代くらいの感じだった。ここの関野院長は先の日大病院の出身とのことで、たぶん井坂ドクターもそうなのであろう。私のベッドサイドに担当医の名前が一〇人ほど表記されていたが、これまで日大病院で診ていただいた秦、和久井、有本の三医師もきちんと入っていて安心である。関野院長の名前も入っていたようにも思うが、あとで書き出しておこう。　　　　～一五時五二分

一八時五〇分

一四時過ぎに今日の担当の看護師が来て、バイタルチェックをし、あれこれ生活環境などについて質問を受ける。丁寧に足のむくみなどもチェックしていったが、血中酸素濃度が89しかなくて、ちょっと驚いた。「息苦しい」ということはなかったが、こんな数値が出たことはなかったので、一体どうしたことなのだろう……？

彼女から一通りの説明を受けてから、一四時四二分、玄関を出てコンビニにアイスを買いに外出。外を一般人に混じって歩くことは入院以来初めてなので、少々恐る恐る……という感じだった。体力的には往復歩く分にはほとんど問題なく、六分くらいで帰ってきた。久々のアイスを四階の中庭脇で食べていたら、半分いかないうちにさきほどの看護師に見つかって没収。これはかなりショックだった。そのうえ一六時から自主トレで四階廊下をウォークして、快調に進んで二三周過ぎた時に、再び同じ看護師に止められてしまった。一八分余り歩いたところで感覚的には全く問題なかったので（血圧137／71、脈拍76）、

禁止連発を食らってかなりのストレスになった。もちろん看護師の立場からすれば、今日転院したばかりの新しい患者にもしものことがあってはいけないという、ごく当然の配慮だったのだと思う。それを素直に受け取れないのは、私という患者側の問題なのかもしれない。

二〇時五五分

今さっきトイレに立った時に、バッタリ和久井ドクターに出会った。血中酸素濃度のモニターは外してもらえたし、日中のメンタルストレスに関しても話すことができて本当によかった。そのうえ、すぐにナースステーションに行ってカレンダーを見ながら、九月一一日（火）に和久井ドクターから最終チェックと説明を受けて、何も異常がなければ、次の九月一二日（水）に退院できると言ってもらえた。この話はとても心強いものをもたらしてくれたし、何より、こちらのことをいろいろと理解してくれている和久井ドクターに会えて話を直に伺えて、気持ちがとても楽になった。　～二一時〇三分

八月二九日（水）曇り

六時〇〇分

関野病院での最初の朝である。どんより曇っていて、中庭越しの狭い空は薄暗い。とりあえず最上階の四階なので、わずかに空が近いということが救いか……。

これまでどおり規則正しく夜中に三回トイレに起きて、その都度まあ寝付いたが、早朝四時三〇分に起きた時にはあまり眠れず、一時間ほどウトウトして五時三〇分起床。ゆっくりストレッチをした。

新しい〝病床八尺〟は、やはり狭くて息苦しい……。よく言えばコンパクトで合理的なのかもしれないが、起きている時に長時間いるのはかなりつらい。病室のすぐ前に、中庭に面したミニテーブルがあるのはとても助かる（今そこで書いている）。

朝食：サバ焼きおろし／ホウレンソウ、ニンジンあえ／ごはん／牛乳

昼食：ナポリタンスパ（ニンジン、ソーセージ）／クリームシチュー（イモ、コーン）／ゆで卵、パプリカ、カリフラワー／キウイ

夕食：豆腐、小エビ、キヌサヤ、ニンジンとろみ／ひき肉、ホウレンソウ、ニンジン／
　　　飲むヨーグルト

夜間担当の看護師はベテランの中年女性で、昨夜の和久井ドクターとの話にも立ち会っていたので、割と理解がありそうである。明るくテキパキと仕事をこなしていて好印象である。　　　～六時三五分

九時〇〇分
今しがた薬剤師さんが来て、かなり詳しく薬についての説明を受ける。一番気になる血栓予防のリクシアナ60mgは、一錠120mgの半分量とのこと。また、心不全予防のビソプロロール0・625mgは、拍動を抑えて安定させて心臓を守るための薬。通常は2・5mgで、その場合には降圧効果もあるが、私は現在その四分の一量の服用なので、血圧を下げる効果はないとのこと。要するに、自力で正常血圧を維持しているということだろう。彼女によると「お薬手帳」はぜひ使ってほしいとのことで、日大病院退院時にもらったシールを渡しておいた。　　　～九時一〇分

一〇時五四分
九時半にシャワーを浴びて、五〇分頃からレントゲン＋頭部ＣＴ。そのあと一階待合で七、八分待ってから、心電図とホルター心電図（一〇時二〇分スタート）。今後二四時間ずっと心臓の拍動／／ここでリハビリへ。

一二時三一分
昼食の終わる一二時一八分頃、御子柴ドクターが来て、先ほど撮ったばかりの頭部ＣＴに関して少々気になる話をされた。右前頭部（額右少し上あたり）に結構な白い像があるという。これが年相応の石灰化なのか、それとも〝腫瘍〟なのか、あるいは出血しているのか、今朝の単純ＣＴだけでは判断しにくいとのことで、明日、術後の胸と一緒に頭も再び造影ＣＴを撮ることになった。もう二〇年以上前に某大学病院で撮った頭部ＣＴ（ＭＲＩ？）で、いくつか小さな石灰化があったことを覚えているが、あまりに大きなもので出血だったらイヤである。　～一二時四八分

一三時四一分
リハビリトレーナーの野村さん（女性）によると、脳内は痛みを感じないとのこと。出

血などで圧迫されると強い痛みを感じるらしい（まさにお袋のクモ膜下出血の時である）。

一三時五分過ぎくらいに野村さんからリハビリに誘われ、かなり満腹のままウォームアップと軽い筋トレをしたところで、先ほどの頭部の件で御子柴ドクターの意向がすぐ確認できなかったとのことで、途中で中止になった。まあ、まだかなり腹一杯なのでレストも大切である。

◎収容施設としての病院と監獄について
緊急手術後一週目の一三日（月）に思いつくままリストに挙げた項目の一つで、建築のプロトタイプとしてはJ・ベンサムの「パノプティコン（彼が考案した監獄のモデルで、一望監視施設のこと）」から出ているということでは、両者は同じものである。どちらも収容された人間の自由を拘束する点でも同じだが、その制限される自由の中身は、病院と監獄ではかなり異なる。

監獄での拘束は刑罰として与えられるものなので、物理的に一定の狭い空間に長期間（刑期）閉じ込められる。そこは外部とは隔絶された空間で、行動だけでなく情報の受発信の自由も制限される。しかし収容者（何らかの犯罪者）自身は病人ではないため、健康上の理由でできないということはほとんどないはずである。それゆえ監獄内での強制労働やひどい食事などを除けば、たとえ厳しい監視下にあるとはいえ、監獄内での持ち時間はすべて本人の自由になると思える。独房などに入れられれば、他者との接触も一切ないので、自由度はより高まる（もちろんこれは私の勝手な想像であるのだが……）。

病院の場合、入院患者は当然、医師や看護師の監視下にあるとはいえ、それは病状把握と治療が目的であり、監獄ほど厳しいものではないだろう。一方で患者はみな何らかの病気を抱えており、その重さによって自ずと行動には制約がある。また病院内の時間についてはさほど患者の自由になるわけではなく、診察や検査、リハビリなど一日中様々なイベントが組み込まれ、はたで思うほど患者は自由な時間を持てるわけではない。このあたりのことは当然、今現在、自分が置かれている立場・環境によって主観的に感じるものも大きく変わってくるであろう。また同じ病院であっても、私の場合、救急搬送から足掛け二三日間過ごした日大病院と、昨日転院してきてまだ二日目の関野病院とでは、空間も人間関係の密度もすべて異なるため、簡単に比較し得るものでもない。　～一四時三三分

一六時三三分

上記を書いてベッドに戻り、本を開いたらそのまま五〇分余りウトウトと昼寝。それなりに寝不足なのか、結構気持ちよく寝たようだ。起きぬけに血圧測定して、一五時五九分

からウォーク三〇周（一八分三〇秒）。途中、御子柴ドクターと出会い、頭部について伺うと、脳神経外科の専門医からの話として「古い出血なのではないか」とのことだった。確認すると、この二、三日とか最近の出血ではなくて、三週間余り前の解離発症時の出血かもしれないとのことだった。「すぐに頭を開いてどうこうするようなものではない」と聞いて、かなり安心した。　〜一六時三九分

八月三〇日（木）晴れ

七時一二分
朝の検温で37・3℃。ちょっと熱がある。少し頭が重くて、首の後ろがこっている。昨日も朝、少し頭痛があり、そこそこ歩いたけれども、今日は冷却枕を当てて歩きは休み。

朝食：食パン×2、マーマレード、イチゴジャム／卵焼き、ニンジン、グリーンピース／ブロッコリー、パプリカ／牛乳
昼食：チキン×2、ニンジン、ナス、キヌサヤ／シュウマイ×2／キュウリ、白菜あえ

／バナナ
夕食：マーボー豆腐／白菜、ニンジンひたし／豆乳／麦ごはん

六時一二分頃、秦ドクター来る。胸を聴診して、昨日の頭部ＣＴについて「僕も見ましたが、たいしたことはないと思います」と言ってくれた。転院先で秦ドクターに会えるのは週一回（木）だけとはいえ、とても心強いものがある。昨日、病院玄関にある外来担当医の一覧を見たが、木曜はＡＭ・ＰＭとも心臓血管外科で秦ドクターがここの外来に出ている。それでも早朝から自分が執刀した患者を診て回るのだから大変なことだと思う。和久井ドクター、有本ドクターの外来はなかったが、火曜夜に和久井ドクターに会ったように、それぞれ病棟に入るのだろうか。　　～七時二八分

八時三五分
朝食が終わった頃（八時一六分～）、有本ドクターが来てくれた。同じく頭のＣＴのことを話し「時間が経てば消えると思う」とのこと。聴診して「胸の音は問題ない」と言われた。頭痛と微熱のことを話し、目の見えなさを訴えて、ベッドの位置変更をお願いした。関野病院で二晩過ごし、三日目の朝となったが、この二日間とも起きぬけに少し頭痛が

して、今朝は37・3℃と熱も出た。看護師が大きな冷却枕を持ってきてくれたので、自分で首や額に当てているが、どうもうっとうしい。要するに原因は、このメチャクチャ狭くて自然光の入らない空間なのだ。明らかに本は読みづらい。確かに蛍光灯は二本あって、日大病院よりは明るいが、天空光のありなしは圧倒的な差である。そのうえベッド二つ分しかない閉鎖空間の息苦しさで、メンタル的に相当痛めつけられている……。

　今朝は仕切りのカーテンを開けたままにして、少しでも外光を入れている。日差しが出てきて、その向きからこの４０２号室が南面していることがわかった。

〜八時五四分

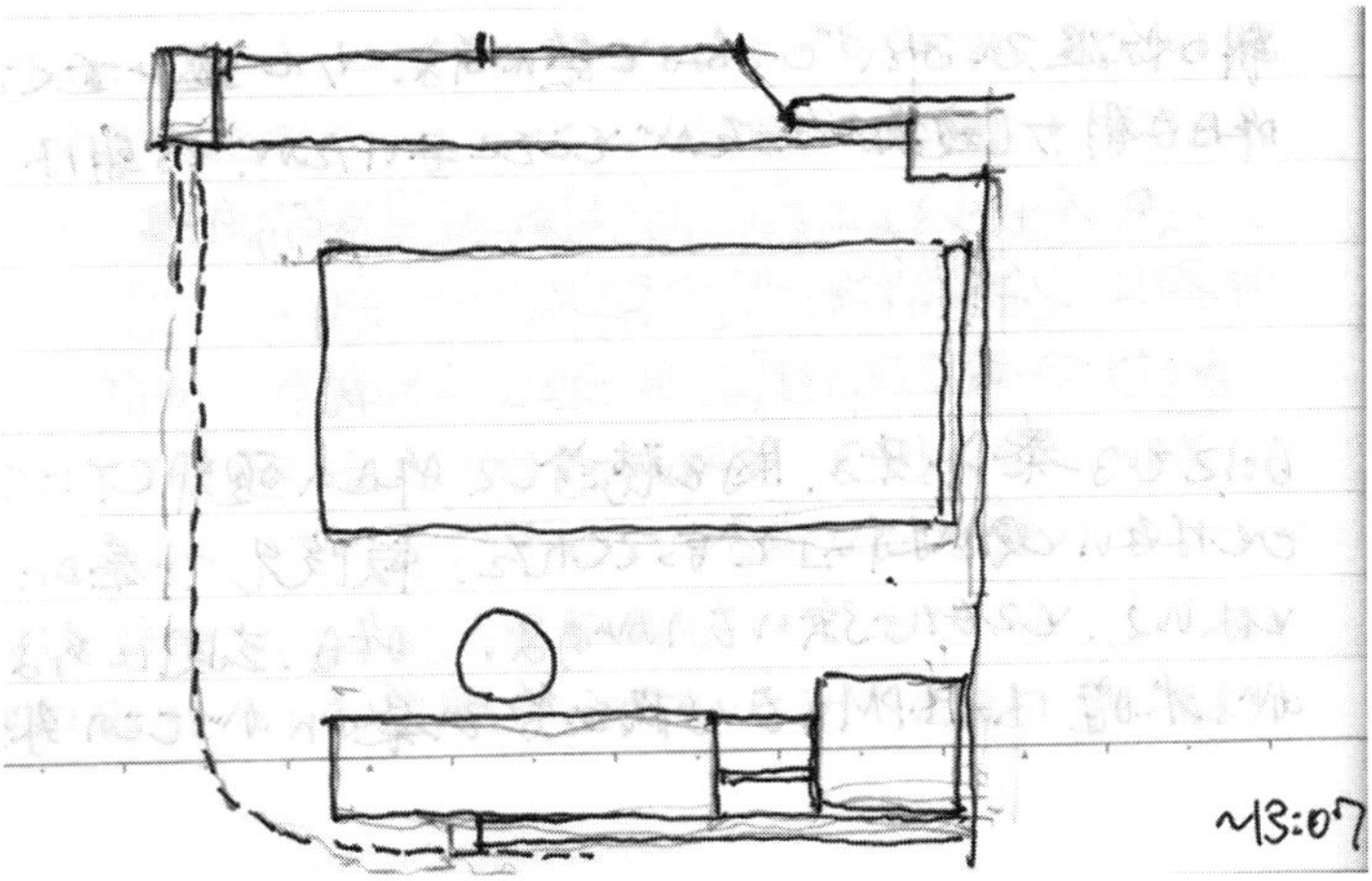

2018年8月30日の昼前に、402号室の窓側に移動したスペースの平面スケッチ

一二時五二分

一〇時少し前に看護師のバイタルチェック。まだ37・0℃あった。ちゃんと話は通っていて、彼女が「早く移りましょう！」と言ってくれて、そのあとベッドやテーブルを移動してくれた。メチャクチャ狭っ苦しいスペースから、窓の横の明るく少し広い場所へ移ることができた。ベッドの入れ替えは看護師が一人でやってくれたので、残りの細々した荷物は自分で引っ越した。とはいっても、同じ４０２号室でたかだか三、四メートルの距離である。しかし空間の質の差は明らかで、それだけで気分はとても軽くなった。

～一三時〇七分

一四時二五分

南向きの出窓のカウンターはテーブルにするにはちょっと高いが、電動ベッドの高さを調節して毛布を敷いて座るとまあまあ使える。

朝からよく晴れて、日差しは明るい。ただ外気は34℃と残暑が厳しいようだ。窓の外、目の前には三〇階以上ある高層マンションが一棟建っていて、正面遠くにも二〇階建て以上のマンションがいくつかある。おそらく池袋駅方面を望んでいるとは思うが、視力がないため上手く判別できない。

一八時五九分

一六時からシャワー予約を入れたので、その前に歩こうと一五時二五分からウォーク（三五周、二一分四〇秒）。この時、途中で有本ドクターと出会って、頭の造影CTに関して「出血ではなくて〝腫瘍〟かも」と言われた。「改めて脳神経外科の専門医に診てもらう」とのことだったが、これはかなりショックである。たまたま見つかったものだが、こうなったら徹底的に調べてもらうだけである。

シャワー後に栄養士のレクチュアを聞いている時（一六時三五分頃）に妻が来てくれた。下着など洗濯物を頼んで、通帳をチェック。次の土曜に自宅ビルの電気検査で一〇分ほど停電があるようで、玄関のタイマーなどを心配していた。頭部の状況について話して、和久井ドクターから聞いた退院予定についても伝えた。　～一九時一五分

一九時二五分

夕方の自主トレ前に、加藤周一『日本文学史序説（上）』「第一章『万葉集』の時代」を読み終えた。七世紀後半、白村江の敗戦（六六三年）により朝鮮半島から撤退したものの、遣隋使・遣唐使により中国王朝に朝貢を続けた時代で、天皇家が他の有力氏族と抗争しな

がら権力を独占しつつあった。ここで聖徳太子が登場し、大陸の律令制を範にその観念的支えとして「一七条憲法」が作られた。この「一七条」は大化の改新のイデオロギーを要約したものであることに、疑いの余地はないという。全体はシナ語で書かれ、官吏の服務心得のごときものである。またこの「一七条」は外来思想、殊に儒・仏の影響が歴然としているが、単純な模倣ではなく、日本社会の現実と深く関わる価値観、つまり天皇制権力の確立と共同体の「和」を強調してやまぬものだった。

次に加藤が取り上げるのは「古事記」(七一二年)と「日本書紀」(七二〇年)である。いずれも皇室の祖先を神格化した部分と、歴代天皇の系統と治世の内容を叙述した部分から成っている。明らかなことは、律令制権力が自己の正統性を証明するために「記紀」の神代の部分と、そこから切れ目なく続いたとする人代初期の話を、意図的に構成したということである。　　～一九時五二分

八月三一日（金）　晴れ

六時三八分
新しいスペースに移って最初の朝。夜中はいつもどおり三回トイレに起きたが、その都度また寝入って五時五五分起床。肩こり・首こりはあるが、昨日のような頭痛はあまりない。やはり窓越しに朝日が見えるのは何とも言えない心地よさである。関野病院へ移って四日目になるが、ようやく自分の新しい〝病床八尺〟が整ってきた。

朝食：サーモンしそおろし／カリフラワー、ブロッコリー／ごはん／牛乳
昼食：赤ピラフ（ニンジン、グリーンピース）／トリ天×2、インゲン、マヨネーズ／豆腐、イモ、パプリカ／カブあえ／オレンジ
夕食：厚揚げひき肉／ナス、ニンジン、シイタケ、イモ／オクラ納豆、枝豆／麦ごはん／ゼリー

八時三六分

朝食を食べ始めてすぐ、「今日の担当です」と言って宇野澤ドクターが来た。初めて会うドクターで、眼鏡をかけ、少し面長の顔立ちだ。体調など問診して、頭部のことを伝えると、「週明けに脳神経専門医に診てもらう」とのことだった。

目を酷使しているためか、相変わらず首こりがひどい。

一二時五三分

九時からリハビリ。月曜以来四日ぶりで自転車をコキコキ、40W×二〇分でさほどキツさはなかったが、途中血圧が155まで上がったのにはちょっとビックリ。

運動後すぐもよおして、昨日出なかった排便がありホッとするが、一一時半頃再び便意があって、ちょっと水溶状の便だった。ツーツーの下痢ではないと思うが、ここに来て毎晩夕食に豆乳・飲むヨーグルト・豆乳と三回続いたので、それが効いているのかもしれない。食後、栄養士さんから減塩食についての話。　～一三時〇〇分

一三時二〇分

◎途上で倒れたジャーナリスト

筑紫哲也（ガン）、最近も同じTBSの岸井成格（ガン）。二人とも大手メディア所属で、

身分上は様々な保護システムでカバーされていたはずだが、フリーでいた人はおそらく何の保証もないまま活動していたはずである。近年の中東では、アラブの春以降混乱が続き、多くのジャーナリストが亡くなっている。すぐに名前を思い出せないが、ＩＳに拘束され殺害された日本人フリージャーナリストもいたのだ。かつて朝日の本多勝一が、組織内かフリーかについて書いたのを読んだが、自分の行きたい現場、やりたい仕事ができさえすれば、フリーか否かは大差ないとも思える。それよりも、亡くなる原因が何であったのか……のほうが、本人にとってはとても大きな要因だったと思う。戦場などの極限的な現場で、たとえ危険を予測していたとしても／／一三時三五分〜ここでトイレ／／不意に殺害されるリスクは非常に高い。それを踏まえたうえで、当然あらゆる想定をして様々な準備をするはずだが、それでも、ロバート・キャパや沢田教一のように命を落とす人は数知れない。ジャーナリストではないが、星野道夫もその一人に含まれるだろう。

自分の想定外……という予想もしなかった突然の死に襲われた人々の無念は、いかばかりのものだろうか？　まだまだやりたいことはたくさんあったはずである。しかし本人の予想しえない死は、あらゆる希望や目論見をすべて断ち切ってしまう。一方で筑紫や岸井のようにガンで亡くなる人は、おそらく自分の死期を知ったうえで、自らの持ち時間を計りつつ、最期に向けての準備をする時間が持てるのだと思う。私の知り合いでも病状に応じて最後まで仕事を続けていく人も多い（もちろんそのためには、他人には知りようのない壮絶な努力を要するはずだが）。

急性大動脈解離になった自分の場合、いつ二層になった動脈壁に瘤ができて、いつそれが破裂するかは、今のところ全くわからない。その意味ではガン患者のように、前もって自分の死期を知ることは今のところ不可能であろう。逆に「いつ死ぬか知れない……」という条件を、今後の人生において、いかにして生きるパワーに変えられるかが最重要な課題である。　～一五時二五分

九月一日（土）　曇り

六時四五分

今日から九月。昨夜は夜中二回トイレに起きたが、ここ数日より一回少ない。しかし二時三〇分に二回目のあと、なかなか寝付けなかった。明け方は割と寝たようで、それなりに寝汗もかいていた。五時五五分に起床してサッと体拭き。サッパリした。～六時五〇分

朝食：ニンジン、ピーマン、シラタキ／インゲン、ニンジン、マヨあえ／牛乳／ごはん（1／3残し）／バナナ1／3
昼食：つけ麺中華／トリひき肉、ネギ、ナルト、白菜、コーン／カリフラワー、ニンジン／ホウレンソウ、グリーンピースあえ／メロン
夕食：タラチーズ焼き、ブロッコリー／トリひき肉、ジャガイモ／麦ごはん／ゼリー

七時三六分
『記・紀』について。加藤周一『日本文学史序説（上）』より。

系統の違う神々や伝説が、とにかくまとめ上げられているということは、編者の高度な手腕を示し、それははっきりした目的意識の下で、高い知識水準により、取捨按配し構成したことは確実である。つまりこれらは、支配層の創作した神話文学である。

しかし支配層の中にも大衆の心は生きていて、それは素材の大衆的起源や「語り口」に表れている。その特徴は、本筋から脱線し、部分的挿話を全体の均衡から離れて詳述する傾向である。（ここでリハビリ、九時〇五分～）

（一〇時一七分）これは、まず全体の秩序へ向かう大陸的思想とは異なる。全体から離れて部分に注目するのは、大陸の影響から自由な大衆の日本土着のものの考え方である。

『記・紀』を通して土着の世界観の構造は、此岸的で非超越性を特徴とする。そこでは神々は超越的観念を代表していない。『記・紀』の神々は、正義、美、心理や運命の化身ではない。その意味で絶対者は存在しないから、それと戦う英雄とその悲劇もない。絶対的なものがあるとすれば、王権の正統性に集約されるところの共同体そのものである。神々でさえ共同体の過去の投影であり、人間社会の延長であるから、人間は常に他の人間や人間的な神々と関わり合いながら生きていた。その意味で、またその意味においてのみ『記・紀』の世界は「人間的」であるといえる。　～一〇時三八分

一〇時四一分
九時過ぎから午前のリハビリ。エルゴメーターで40W×二五分。途中の血圧も131／64、脈拍84とまあまあで、感覚的にも〝かなり楽〟だった。ロングライドには慣れているので、軽負荷の二五分はたいしたことはない。ただし、この油断が一番恐ろしいところで、調子に乗ってガンバリ過ぎると血管に多大な負荷となってしまう。

一三時〇六分
一〇時五〇分から心臓エコー検査。日大病院でも受けた検査だが、その時ほど厳密に

チェックしたわけではないらしく、時間も一〇分くらいと短かった。ただ、心拍により血液が流れていく音がたまに聞こえてきて、これはかなり興味深かった。

帰りに玄関ホールで「心臓血管外科」の紹介ポスターを見ると、秦ドクターが併せて紹介されていた。平成二年に日大医学部卒で、その後メルボルンで研鑽を積んでいる。卒業年から数えると現在五十代前半（五二、三歳？）というあたりか……。「大動脈解離」の危険性についても書かれていて、その高い死亡率についても触れられていた。発症後、数時間で四〇％が亡くなり、二四時間治療がなされないと九〇％は亡くなってしまう。それを考えると、やはり自分は本当に運がよかったのだと思う。

帰りは一階から四階まで階段を三フロア分上った。さすがに三階で一回休んだ。

～一三時一八分

一五時三九分

午後のリハビリ。一四時過ぎから、今度はトレッドミル（ウォーキングマシーン）で時速四キロメートル×三〇分歩く。長時間歩くことはさしてキツいことはなく、運動中の血圧も116／81、脈拍87でさして上がらなかった。逆に終了後のほうが高くなり、左で153／69、脈拍77だった。リハビリトレーナー大塚さんもサッカー少年だったとのことで、終わってから少し話をして楽しかった。

昼食後に教務へＴｅｌ。男性が出て名前は失念したが、先方はこちらのことを把握していて、とりあえずの退院予定を伝えた。とにかくこれで九月初めの二週間は休講になる。

～一五時四九分

一七時三六分
シャワー後にＮＨＫ「世界プリンス・プリンセス物語　第三弾」をライブ視聴。これまで全く見なかったシリーズだが、なかなか面白かった。それぞれの王室や国家の歴史をきちんと追って、今現在の国王や王妃の姿、その役割、国民との関係などを、本人へのインタビューを交えて伝えている。今回登場したのは、ヨルダン王妃、ノルウェー国王、ルクセンブルク大公妃、そしてハプスブルク家現当主とその息子である。
ヨルダンではこの王妃の出現により、女性の社会的地位がそれ以前とは様変わりして、かなり向上したという。中東アラブ世界でかろうじて安定した国情を保っているヨルダンだが、まだその価値観はアラブの部族社会のものなのだろう。
残りの三ヶ国はみなヨーロッパの国で、歴史的にはどうしても第一次大戦の影響を無視するわけにはいかない。またその後のナチスドイツとヒトラーとの対応も、それぞれの国にとっては大問題であった。特にノルウェーは独立して日も浅い中、当時の国王はヒトラーに対して一歩も譲らず、自らの使命は国民とともに作った憲法を守ることだとして屈することはなかった。現ノルウェー国王も〝憲法死守〟を続け、さらに様々な国からの移民・難民すべてを「ノルウェーに今現在暮らしている人はすべてノルウェー人」とスピーチして、広く称賛を浴びている。

ヨーロッパ中央、フランスとドイツに挟まれた小国ルクセンブルクの王妃は、なんとキューバ出身だという。カストロのキューバ革命により、銀行家だった父が一家を連れてアメリカに亡命、その後様々な国を転々としたが、ジュネーブ留学中に同窓のルクセンブルク大公皇太子と恋に落ちたという。彼女は小国としての生き残りをかけて自ら外交の先頭に立ち（六、七ヶ国語を操る）、夫婦の初旅は日本だったという。

最後に取り上げたハプスブルク家は、オーストリア・ハンガリー帝国の皇帝として、第一次大戦までヨーロッパの一角を占めてきた。そこで敗戦したことにより二重帝国は解体され、ハプスブルク家はすべてを奪われ国を追われた。今後政治に関わらないとの誓約の下で帰国を許され、ザルツブルクに住んでいる。オランダで小さなラジオ局を経営していて、息子はプロレーサーを目指している。

九月二日（日）曇り

六時三二分

台風21号が猛烈な勢力で接近中とのことで、前線が刺激され北陸から山形にかけて大雨の被害が出ている。都心も昨夕、結構なゲリラ雨があった。今朝もどんより一面の雲で、さえない週末である。今朝は五時一五分頃に目が覚め、トロトロしながら五時二五分起床。早めにストレッチを始めた。　～六時三九分

朝食：焼き魚、ホウレンソウ／白菜、ニンジン／牛乳／食パン×2、マーマレード

昼食：シチュー（チキン、ニンジン、ブロッコリー、タマネギ）／ホウレンソウ、小エビあえ／キャベツ、キュウリ、チーズ／キウイ

夕食：豆腐、インゲン、ニンジン／ちくわ煮、カブ、グリーンピース／麦ごはん／ゼリー

一〇時三一分

今しがた一〇分ほど、ＣＴ画像を見ながら関野院長から病態の説明を受けた。物柔らか

でとても温厚な雰囲気の人で、ゆっくりとした語り口は安心感を与えてくれる。やはり最大のリスクは、解離が残った部分（特に肩口、弓部）が瘤化して膨らみ、破裂してしまうことである。曲がって下行するところだけでなく、下部（腹部大動脈）もずっと解離しているので、そのどこかで血管壁が弱いところが動脈瘤にならないとも限らない。関野院長も言うように、とにかく徹底した血圧管理が最も大切なことである（平常時１３０以下、運動時１５０以下）。また、院長の話では、血管壁を守るためにコレステロール値にも注意すべきとのこと。関野院長にも、私のこれまでの運動習慣や父の病気のことも伝えたが、当時より医療技術も進歩しているし、何かあれば秦ドクターもいる、と言ってもらえた。院長と直に話すことができて、とてもよかったと思う。　～一〇時四五分

一二時五四分
今日のランチから、妻が届けてくれたきちんとした箸を使う。シチューで初めてプラスチックプーンがついてきたので、これも洗ってキープ。キウイもあってまあまあ満足できる昼飯だった。
昼前には一一時三〇分頃から二〇分余り、本を開いたままウトウト昼寝をしてしまう。今朝はかなり早く起きたので（五時一五分）、たぶん寝不足だったのだろう。

昨夜は消灯後二一時から、ＮＨＫスペシャル「メガクエイク　南海トラフ巨大地震〝Ｘデー〟に備えろ」を五〇分間、ライブで視聴。これも寝不足の原因の一つだろうし、目疲れの元凶にもなった。なにせこの数日、首こりが相当ひどくなっている。それでもこの番組は面白かった。最近の調査により、東日本大震災の本震の前に割と強い「前震」があったことがわかったという。チリの地震やスマトラ沖の大津波の時にも、同じような現象が確認されている。また、地震の発生源となるプレートが沈み込んでいる部分では、それに引っ張られる陸のプレート内の〝固着域〟という貼りついた部分にひずみがたまっていく。この固着域の近くのプレート内で「スロースリップ」と呼ばれるゆっくりとした地盤の滑りがあるという。さらに、スロースリップが発生するエリアは、時間とともに移動していくことも判明した。これらのデータをもとにして、果たして今後、南海トラフ大地震を前もって予測することができるのか？

九月三日（月）雨

七時五一分
明け方どんよりしていた空から、今しがたパラパラ雨が降りだした。昨夜も消灯後二一時からNHKスペシャルを視聴し、下剤一五滴を飲んで二二時に就寝。夜中0時、三時と二回トイレに起きたが、そのあと六時まで割と寝ることができた。

朝食：野菜スクランブルエッグ、ホウレンソウ／カリフラワー、パプリカ／牛乳／食パン×2、イチゴジャム
昼食：ミートローフ、ニンジン、ブロッコリー、グリーンピース／キャベツ、パプリカあえ／大根／メロン
夕食：サバみそ、大根おろし／白菜、トリひき肉、ニンジン／麦ごはん／ゼリー

一〇時〇六分
朝のリハビリ前にADSにTelし、S先生に今日の授業について内容を依頼。そのあ

と A 先生が出て、病状と退院予定を伝える。既に学部長にも相談しているようで、年内はあまり無理せず療養に留意してほしいとのこと。一五分ほど話してから、階段で一フロア上がる。

リハビリでは、エルゴメーターの前にトレーナー野村さんから話を聞く。血圧ノートを見せて階段昇降後の血圧も示したが、彼女の話では、やはり基本は「無理をするな」ということである。筋力的には早めに回復しても、心臓そのものや血管にはずっと負荷がかかり続けているわけで、さらに、命を維持するために病気で不調になった分を補おうと、以前より交感神経がかなり優位になるという。解離した血管にもずっと拍動が伝わるわけで、心臓もギリギリまで働かせると、突然パタッと止まってしまわないとも限らないという。これら心臓血管などの臓器の回復は、筋肉よりもかなり遅いとのことで、さらにそれらを調整している神経系の働きも、手術後には相当低下しているらしい。

〝神経系の回復〟については全く意識していなかったし、〝交感神経が優位〟ということも初耳だった。とにかく焦らず、のんびりゆっくり、休み休みで、副交感神経が優位になるように気をつけないといけない。　～一〇時二八分

このあと、腹部レントゲン。一階～三階の二フロア階段アップ。一〇時三八分戻り。

一一時〇〇分

明日（火）の昼で、関野病院に転院して丸一週間となるが、ようやくスタッフの名前を覚えられるところまで来た。／／今しがた病院内の床モップ拭き。／／担当ドクター陣は、表記されているのを一三名全員書きとった（八月二九日付）。そのうち、日大病院の秦、和久井、有本の三ドクターには、それぞれ担当の曜日に既に会っている。他には入院当日に井坂ドクター、頭のCT後に御子柴ドクター、八月三一日（金）に宇野澤ドクターと会っている。また昨日（日）昼前に、関野院長からもお話を伺えた。計一三人中七人と会っている。

他には、看護師さんが名前を確認できなかった二人も含めて計九名（すべて女性）。リハビリトレーナーが、野村さん（女性）、大塚さん、他四名で計六名。薬剤師さんと栄養士さんにもすでに会っている。

これだけで二四名に会っていることになるが、他にも、入院受付をしてくれた事務の女性、またレントゲンやCT、心電図、ホルターやエコーなど様々な検査技師の人々、さらに毎食ごとにお茶を入れてくれる人や掃除・ゴミ片付けの人など、名前は知らなくても世話になっている人たちが大勢いる。スケール的には日大病院よりすごく小さいのだが、病院のシステムとしてはさほど大きな違いがあるわけではないだろう。

緊急性を要する救急患者を受け入れる大病院だけでなく、この関野病院のように地域密着型の、大病院と連携した病院は絶対必要だし、最近、熱中症で入院患者五人（全員八十代）を死亡させニュースになっているが、岐阜市の某病院のような終末期患者専門の施設も必要なのである。国は財政難の下で医療費削減のため、やみくもに看護や介護を在宅にさせようとの方針らしいが、家族の形がますます変化しつつある中で、医療も含めた看護や介護のあり方は社会全体で、またそれぞれの地域の実情に合わせて、運営可能なシステムとしなくてはならない。　〜一一時五四分

一二時五六分
昼前に八月中の四日分の入院医療費請求が届いた。計六万四七八五円。
また、昼食中（一二時一五分頃）、初めて会う医師が一人来た。おそらく大幸ドクターだろう。

一七時五二分
一六時にシャワーに行き、戻るとテーブルにいろいろ荷物があり、妻が来ているのがわかった。ナースステーションに行っていたようで、ほどなく戻ってきて、支払いの件や健

康保険のことなど、まず実務的な話をする。病院の八月の四日間分の請求も書類をそのまま渡して、「退院時にまとめて」と伝えた。八月の一ヵ月分は、三つの病院の支払額を合計すると優に高額医療費のラインを超えるが、とりあえずはそれぞれ支払っておかなくてはならない。特にここの分は現金払いなので、妻からも資金繰りについては考えておくよう言われた。これについては前もってきちんと考えておかなくてはならないのは当然だ。ＴＫＢの固定資産税二期分も請求が来ているし、退院後にはやることがたくさんある。

一九時一八分

（つづき）ただし、そうは言っても絶対に無理をしてはいけない。心臓や大動脈をいたわりながら、それらを長く使っていかなくてはならない。

退院に向けての一一日（火）の説明に、妻も息子と一緒に来てくれるとのことで、できれば夜がいいと看護師に話していた。その日は、和久井ドクターは当直のためこちらに来るので、夜のほうが都合がいいようである。何事もなくこの予定どおりに行くことを願う。

九月四日（火）　雨　台風21号

六時四九分

猛烈な勢力の台風21号が四国に接近中。都心も雨である。西日本豪雨の被災地にとっては、まさに踏んだり蹴ったり……であろう。このところ気象がらみの大きな災害が増加していて、温暖化の影響が如実に出ていると思われる。

朝食：タラ粕焼き、ホウレンソウ／大根、ちくわ、ニンジン／牛乳／食パン×2、リンゴジャム
昼食：かに玉、ニンジン、小松菜／トリひき肉、タマネギ、ニンジン／ホウレンソウ胡麻あえ／バナナ
夕食：牛肉、ニンジン、ゴボウ、枝豆、コンニャク／蒸しチキン、シソ、白菜／麦ごはん／ゼリー

今しがた六時四七分頃、有本ドクターが来て、頭部の画像について「やはり出血ではな

くて〝血管腫〟のようだ」とのこと。悪性のものではなさそうだが、退院後に脳神経外科の外来に受診する手配をしてくれるとの話だった。見つかってしまったものは仕方がない。

七時一三分
術後の頭部CTでたまたま見つかったこの腫瘍（？）だが、元々あったものならさほど気にすることはないのかもしれない。それよりは、解離が残ったままの下行大動脈の偽腔部分の瘤化と、心臓そのものにより注意しなくてはならない。日常生活における活動量や負荷は、これまでどおりの感覚でいると非常に危険である。移動に要する時間（歩く速さ、階段の上り方、自転車のスピード、坂など）は、どれもみなスピードを下げてゆっくりにしなくてはいけないのだから、これまで以上に時間がかかるということを肝に銘じておくことだ。義母と同じようにゆっくり歩き、極力エレベーターのあるところを使うことである。このあたりのさじ加減はとても難しい。　～七時二二分

一二時三八分
非常に強い勢力の台風21号は、先ほど一二時過ぎに徳島県南部に上陸し、四国や近畿は暴風雨に襲われている。この池袋でも、窓の外はとてつもない風が吹き荒れていて、閉め

切ったサッシュ越しにゴーゴーという風の音が聞こえる。午前中は割と雨も降ったが、時折、日が差したりまた降ったりと、目まぐるしく天気は変わっている。今はやんでいるがとにかく風がすさまじい。和歌山県の沿岸部では、過去最高潮位を上回る高潮が生じているという。今後、大阪湾なども高潮の危険が高まっている。

一四時三五分

昨夜から腎臓 washout のため、生理食塩水の点滴をしている。今朝までに５００㎖入れて、そのあとも引き続き二本目。点滴のチューブにつながれただけで動きが制限され、気分は落ち込み、なんとなく体調も思わしくなくなってしまった。

午前中、頸動脈エコーと心電図検査があり、そのあと一一時二五分過ぎから心臓冠動脈の造影ＣＴを撮った。関野病院での造影剤注入は二回目（胸・腹部、頭／冠動脈）だが、薬剤が腕から入っていく時の熱感は、やはり不安が付きまとう。

日経新聞の社説にもあったが、検査機器の普及は全国的に進み、ＣＴ画像は大量に撮影されているが、それらを見て診断する医師の目は、画像の量に対して圧倒的に不足している。それぞれの専門医は、自分の担当部位については割と関心を示すが、たまたま見つかった別の病変などは見落とされがちだという。患者にとっては不運このうえない話だが、ガンなど生死に関わるようなケースでは、それで済まされる話ではないだろう。

午後になっても体調というか、気分が今一つで、結局AM・PMともリハビリは休んでしまった。自分でストレッチは少しやっているが、やはりかなり物足りない。とにかくここ数日「首こり」がひどくて、特に左の首筋はツボを押すとバキバキしていて、要は目の使い過ぎ（活字を読み取れない左目にかなりの無理強いをさせている）ということである……。（今しがた看護師から湿布薬一パック七枚をもらった）　～一五時〇八分

九月五日（水）　雨／曇り

六時四一分
昨日は午後からずっと強風が吹き荒れて、病室の窓越しにもたたきつけるような音が響いていた。明け方には雷もあり、一晩中大荒れだったようである。台風21号は北海道北西、利尻島付近まで進んだが、関東は昼頃まで影響が残るとのこと。その後は台風の持ち込んだ南の空気により35℃と高温になる……。

朝食：厚揚げ、コンブ、ニンジン、タマネギ／キャベツ、カイワレあえ／牛乳／食パン×２、リンゴジャム
昼食：うどんもり／かき揚げ天、ワカメ、ネギ／ナス、ひき肉／小松菜、パプリカあえ／オレンジ
夕食：肉じゃが（タマネギ、ニンジン、グリーンピース）／ブロッコリー、パプリカあえ／麦ごはん／ゼリー

昨夜二三時過ぎに四本目の点滴に交換され、これが昼まで続く。チューブにつながったままの状態は、とにかくかったるいし、気分的にも滅入ってしまう。　～六時五〇分

七時三五分
◎関野病院四階　人模様
ここに転院して今日で一週間と一日目。当初から周囲を見る余裕はあったつもりだったが、ようやく書き残す気力が出てきた。まずは、自分のいる４０２号室。八月二八日（火）に入った時には、廊下側のとてつもなく狭いところに押し込められたが、二日後の三〇日一〇時過ぎに、窓側の明るく広いスペースに移った。三人部屋だが他に一人しかいなくて、

かなり静かでゆったりとできている。

・隣のOさんは、六十代半ばぐらいか？　車関係の仕事をしていたよう。毎夕のように奥さんが来ていて、かなりしつこく世話をしたりあれこれ言っている。Oさんは奥さんに文句を言い返している。リハビリは結構しんどいようで、割と寒がりでもある。エアコンをすぐに切るので、こちら側の調整が大変だ。

・隣室４０５号室は、数日前から女性三人になった。元々いた一人（眼鏡＋杖）は、歩くのがかなりつらそうで、足に何か病気があるよう。ケータイで話す内容から、今日一度退院してすぐ日大病院に入り、手術を受けるらしい。「もっと歩けなくなったら困るし……」と言っていた。下肢の血管なのか、整形外科的な疾患か？

・もう一人の女性（少し太めで、腹にサロペット風コルセット？）は、たまに出会うと挨拶をする。三十代か四十代くらいか。四階の人の中では若いほうである。

・二、三日前に新たに来た人は、おそらく私が前に入院していた日大病院にいた人で（９A棟）、向こうのリハビリ室で一緒にやったことのある女性かもしれない。小柄で細身、四五～五〇歳くらいか？

・反対側（北側）の病室にいる人たちは、多くがかなり寝たままの様子で、症状的に重そうな印象を受ける。

・リハビリで一緒になる人のほとんどは七十代以上で、体力的にもかなり衰えている様子がうかがえる。三階からも車椅子で毎回三、四人の患者が送られてくる。みんな立つのがやっと……という感じで、座ったまま体操をしている人もかなりいる。

一三時二〇分

今しがた御子柴ドクターが来て、頭部CTを脳神経外科のドクターに診てもらったと話してくれた。専門医の診たてでも、やはり古い出血のようで、悪性のものである率は極めて低いとのことだった。有本ドクターの言う「血管腫」とは、毛細血管などが出血してぐるぐる集まり固まったもののらしい。そうであるなら「古い出血」というものに相当すると思われる。とにかく悪性のものではないというので、ひとまず安心した。御子柴ドクターの話では、正確にはMRIを診ることが必要になるようだが、急を要するものではなさそうだ。

一五時一二分

午後のリハビリ終了。時速四キロメートル×三〇分のつもりが、一〇分くらいで血圧が130になったため、速度を下げて時速3・8↓3・6↓3・5キロメートルとなった。それで計三〇分歩いたが〝かなり楽〟で少々物足りなかった。ただし、心臓血管的にはこれくらいがちょうどいい（野村トレーナー談）のかもしれない。

一三時三〇分頃、４０２号室に三人目の患者Ｓさんが入ってきた。まだかなり若い人だが、どんな病気なのだろうか？

一五時三六分

先ほど階段を下りて、ＢＦ（私がコーチとして所属する地元の少年サッカーチーム）のＫさんにＴｅｌ。けっこう驚いていた。長いこと連絡できなかったことなどをわびた。帰りは1フロア分、階段上がり。トイレに寄って排尿後に血圧チェック、左１３６／62、脈拍67。

一九時一一分

ＮＨＫニュース7を見ながら。昨日の台風21号の被害状況が次第に明らかになってきた。死者一一人、倒壊家屋一三〇〇棟余り、高潮で孤立した関西空港は再開の目途は立っていない。海外からの旅行客のキャンセルも相次ぎ、関西経済だけでなく日本全体にとっても莫大な損失となるであろう。

・同室三人目のSさんは、すでに両親はなく、ひとりっ子らしく、身寄りとして叔母さんが来ていた。ビル管理の仕事で、アパート暮らしのようである。先ほど病棟師長さんが造影CT同意書の控えを持ってきていた。(Sさんも某大学病院からの転院)

・隣のOさん。夕方、医師と看護師があわただしく来て、「七日に大学病院の皮膚科受診ができないのはまずい」と言っていた。Oさんには「血管炎」があるらしく、それが悪化するのは問題らしい。その日は奥さんが自分の病院受診が入っていて、付き添いが不可能なのでOさんが出かけられないようだ。

一九時四二分

昼食前にようやく点滴終了。生理食塩水500㎖を四本、計2ℓを一日半、約四〇時間弱で体に入れたことになる。そのため、今朝の体重(52・7kg)は昨日よりも800gほど増えていた。チューブにつながれたうっとうしさがなくなったのは本当にうれしかったし、気分的にもだいぶ楽になった。

加藤周一『日本文学史序説(上)』「第二章　最初の転換期」を読了し、「第三章　『源氏

物語』と『今昔物語』の時代」もほぼ読了に近いところまで来た。八世紀末からの平安期の貴族社会の変転していく様を、時代ごとの文学作品に表わされた特徴から詳細に読み取っていて、非常に面白い。特に今日読んでいる『今昔物語』の部分で、一二世紀前半の貴族ではない日本の大衆の願望について、「生き延びて豊かに暮らすこと」であったと指摘している点は、今現在の私の状況に照らしてピッタリと一致するものである。八月六日の大動脈解離発症以降、明らかに私の生存条件は大変化したはずで、それに対して自分の望みはまさしく、一二世紀前半の『今昔物語』に描かれた大衆のそれと同じものである。とにかく「生き延びて、より長い時間をこれまで以上に豊かに暮らすこと」が、今後の自分の人生最大の願望なのだ。そのためにどうするのか？　当時の(またいつの時代でも？)大衆が自ずとそうしていた現実的な生き方を、自分なりに見出していく必要がある。

~二〇時一〇分

九月六日（木）　うす曇り

六時二〇分

まさに今しがた秦先生が来て、「だいぶ落ち着きましたね」と声をかけてくれる。ざっと胸を聴診し「頭のほうも問題なさそうですね」と確認していた。ちょっと気になっている血圧の左右差について質問すると（血圧値を見せながら）、秦ドクターは「これが大動脈解離の特徴です」とのこと。「偽腔が真腔を圧迫しているのでこうなる」ようだ。いずれにせよ低いほうがいいわけで、「130以下になるのがいいです」とのことだった。今朝起きぬけに左153・右150と非常に高かったのは、かなり気になるところだ。〜六時三〇分

朝食：いり豆腐（トリひき肉、パプリカ、キヌサヤ）／ニンジン、キャベツ、枝豆／牛乳／ロールパン×2、ハチミツ、ジャム

昼食：牛肉、タケノコ、ピーマン、ネギ／小エビ、インゲン、ニンジン／キャベツ、油揚げ、マヨネーズ／バナナ

夕食：卵重ね蒸し、ニンジン、青菜／チンゲンサイ、パプリカあえ／麦ごはん／ゼリー

六時五一分

深夜三時〇八分頃、北海道で震度6強の地震が発生。道内全域二九五万戸が停電している。道南の安平町で震度6強。新千歳空港は閉鎖。道内ほとんどの公立学校は臨時休校と

郵　便　は　が　き

料金受取人払郵便

新宿局承認

3971

差出有効期間
2022年7月
31日まで
（切手不要）

160-8791

141

東京都新宿区新宿1－10－1

（株）文芸社

愛読者カード係　行

ふりがな お名前		明治　大正 昭和　平成　　年生	歳
ふりがな ご住所	□□□-□□□□	性別 男・女	
お電話 番　号	（書籍ご注文の際に必要です）	ご職業	
E-mail			
ご購読雑誌（複数可）		ご購読新聞	新聞

最近読んでおもしろかった本や今後、とりあげてほしいテーマをお教えください。

ご自分の研究成果や経験、お考え等を出版してみたいというお気持ちはありますか。

ある　　ない　　内容・テーマ（　　　）

現在完成した作品をお持ちですか。

ある　　ない　　ジャンル・原稿量（　　　）

書 名				
買上 店	都道 府県	市区 郡	書店名	書店
			ご購入日	年 月 日

書をどこでお知りになりましたか?

1.書店店頭　2.知人にすすめられて　3.インターネット(サイト名　　　　)

4.DMハガキ　5.広告、記事を見て(新聞、雑誌名　　　　)

の質問に関連して、ご購入の決め手となったのは?

1.タイトル　2.著者　3.内容　4.カバーデザイン　5.帯

その他ご自由にお書きください。

(　　　　)

書についてのご意見、ご感想をお聞かせください。

内容について

カバー、タイトル、帯について

弊社Webサイトからもご意見、ご感想をお寄せいただけます。

協力ありがとうございました。

お寄せいただいたご意見、ご感想は新聞広告等で匿名にて使わせていただくことがあります。

お客様の個人情報は、小社からの連絡のみに使用します。社外に提供することは一切ありません。

書籍のご注文は、お近くの書店または、ブックサービス(0120-29-9625)、セブンネットショッピング(http://7net.omni7.jp/)にお申し込み下さい。

なった。厚真町では大規模な土砂崩れが発生したが、他にも各地で土砂崩れが起きているようだ。ＪＲ北海道は道内すべての列車が運行不可となっている。

八時五〇分

テレビ各局が北海道の地震について報じている。札幌でも震度５強。夜が明けるにつれ、少しずつ被害状況が明らかになってきた。いたるところで地割れが起こり、水道管が破裂して水が噴き出し、建物の窓や壁はほとんど壊れている。すでに七時までに二八回の余震が続いているという。三大必需品、水・食料・乾電池を求める人々がショッピングセンターやコンビニに列をなしている。

一〇時三五分

午前のリハビリ（36Ｗ×三〇分）が終わって、一〇時一二分頃に有本ドクターが来て、昨日の下肢動脈硬化検査の結果レポートをくれた。〝詰まり〟は全く問題なく、硬さは一般の六〇歳より〝硬め〟だった。おそらく下行大動脈は解離したままなので、その影響があるのかもしれない。頭部については「いろいろ言われていると思いますが……」とのことで、やはり後日、日大病院で改めて脳神経外科の受診をすることになりそうだ。左右の血圧差に関して今朝、秦ドクターに聞いた話をすると、数値を見て、臨床的には30以上差があると問題になるらしい。今のところそこまでの差は出ていないので一安心か……。

リハビリ中に大塚トレーナーが心電図の波形（安静時と運動時）をプリントして見せてくれた。彼の話では、どちらもとてもきれいな波形で、特に心臓が収縮する時の鋭くとがった波がきちんとしたリズムで出ていて、「ハートトレート的には全く問題ないですよ」とのことだった。運動中の間隔が狭いのは心拍が高いためで当然のことである。大塚さんの意見でも、血圧が上がっているのはおそらく心臓そのものからではなく、ストレスから来ているのだろう、とのことだった。自分で意識して呼吸を整えながら、上手くストレスコントロールをしていこう。

秦ドクター、有本ドクター、大塚トレーナーと、それぞれ短時間でも有益な話をすることができて、とてもよかったと思う。　～一〇時五九分

一一時二六分

テレビ各局は、引き続き北海道の地震被害について報じている。厚真町では崖沿い数キロメートルにわたって表層地滑りのような土砂崩れがあって、四〇人余りの安否が不明になっている。既に自衛隊などから多くのヘリが出ていて住民の救出にあたっている。映像

で見る限り、地滑りの規模はすさまじく、樹木すべてが表層土と一緒に流れ落ちている状態が延々と連なっている。その中にいくつか土砂に呑み込まれた家屋の一部が見えていて、真夜中に起こったために脱出できなかった住民が大勢いることと思われる。また札幌市内各地の映像では、いたるところで道路などの地割れが激しく、大きな段差がたくさんできている。建物の倒壊もひどい状態で、停電も重なり、信号などはすべて消えている。

一昨日、四日の台風21号による近畿エリアの災害に加えて、今日の北海道での大地震の被害もあり、日本経済に与える影響は甚大なものがあろう。他にも北陸や東海、東北などでの農産物への被害は、秋の味覚の多くを喪失させているだろうし、人々の心理に与える社会的影響もさらに大きくなるはずである。社会の安定性という点では、今のところ被災地の人々を含めて人心は落ち着いているようで、このあたりは日本人一般の精神的強靭さを示している。

〜一一時四九分

一七時二八分

午後のリハビリが終わって病室に戻ると、妻の赤いバッグがあり、来ていると知った。探しに出ると、ナースステーションで看護師に退院時の精算額を問い合わせていたようだった。カード払いができないため現金を用意する必要があり、概算でも知っておかねばならないのは当たり前である。月曜（九月三日）夕方に来てくれているので、三日ぶりと割に早く来てくれ、缶コーヒーも六本追加してくれたので本当にありがたい。ADSのA先生から電話があり、見舞いに行きたいと言われたようだが、丁重に断ったという。まあ、これは仕方ないことだろう。

四日の台風21号については、岡山の娘の大学では前日からすでに休講を決めていたので、娘には全く影響はなかったとのこと。これは安心した。当然のことだが、私の自宅周辺も次の日までとてつもない風が吹き荒れていて、物が飛んだりしていたらしい。

頭部の影に関しては、やはり緊急性はなさそうだと言われたことを伝えて、併せて、今朝有本ドクターにもらった下肢動脈硬化検査の結果も見せた。これから用事があると言って、妻は一五時四五分頃に帰った。エレベーターまで送る。

一八時〇一分

北海道の地震は、大規模な土砂崩れのあった厚真町で震度7だったという。夕方までに五人死亡、四人心肺停止、三一人が安否不明だという。隣接するむかわ町では一階部分が押しつぶされた建物が多く見られる。全道内の停電はいまだ続いていて、市役所などの自家発でスマホ充電に並ぶ人が大勢いる。今ニュースで三三万戸分の停電が復旧したと言っていた。気象庁は今回の地震を「北海道胆振東部地震」と名付けた。北海道で震度7を観測したのは初めてのことという。

九月七日（金）小雨

六時五八分

昨日六日で、急性大動脈解離発症からちょうど一ヵ月。当日八月六日は「広島原爆の日」だったし、一ヵ月目の昨日九月六日には北海道の大地震が発生した。自分の病気と直接関係しているわけではないが、これだけの大病でこの先の人生設計を大きく変えなくてはならない自分にしてみれば、なんとなく、これらの事象により多くの人々が人生を変えたはずであった（ある）ことに、何らかのつながる思いがあるような気がしてくる。

～七時一〇分

朝食：トリひき肉、ニンジン、キャベツ／インゲン、パプリカ、マヨあえ／牛乳／ロールパン×2、マーマレード、ジャム

昼食：サーモンムニエル、タマネギ、ピーマン、パプリカ／豆腐、カブ、グリーンピース／小松菜、ニンジン、マヨあえ／キウイ
夕食：サラダチキン、ホウレンソウ、マヨネーズ／キャベツロール、ニンジン、ブロッコリー／麦ごはん／ゼリー

八時五一分
北海道地震から一晩明けた二日目の朝、テレビ各局はその被害状況を伝えている。ＪＲはまだ全線止まったまま、新千歳空港も閉鎖のままで、外国人を含む多数の旅行客や仕事で北海道へ来ていた人など、動くに動けない状態である。停電の影響も甚大なものがあり、真っ暗な闇はそれだけで人々の不安を増してしまう。加えて医療現場での停電のインパクトはすさまじく、自家発電程度では全く追いつかずに、当初は救急受入れさえも停止されてしまった。特に透析患者や人工呼吸器利用者にとっては、まさしく電気のあるなしは直接命に関わることである。　～九時〇二分

一二時五〇分
今現在の自分の体の状態からすれば、障害者一歩手前といったところであろう。血圧維

持のために過大な負荷をかけることは厳禁で、走ったり重いものを持ったりなどの重労働はできない。仮に今の自分が北海道の地震現場にいたとしたら、とっさの避難などという急激急速な行動は望むべくもない。退院後、普段の日常生活の中で、周囲の人はそんな事情は知るはずもないし、何か起きた場合にはとにかく自分の持てる力で対応するしかない。時間の余裕を持つこと!! 極力、群衆やラッシュなどには呑み込まれないこと! 他者と競わず、焦らず、何事にもゆっくりかまえること。普段からこれらを意識して心がけておくだけで、相当に生活面での安全性は増すはずである。「これまでの自分の体ではない」ということを常に忘れずに、新しい生活環境を作り出していこう。 ～一三時〇四分

一九時一七分

夜一九時から、フジテレビの「池上彰　緊急生放送スペシャル～今ニッポン列島が危ない」を見ている。

北海道全域のブラックアウトは、思ってもいないようなところにまで影響を及ぼしている。道内各地の港では、水揚げされた魚などを一時保管していた冷蔵設備がすべてダメになり、漁業関係者に大打撃を与え、基幹産業の一つである酪農では多くの牧場で乳牛の搾乳機が使えず、さらに取り溜めた生乳も保存ができなくなっている。野菜などの農産物も

冷蔵できず、出荷のための交通網もズタズタで、取りうる手立ても限定されている。一方、都市部のビルやマンションでは、電気がなければ水も出なくなってしまう（これはウチのビルも同じである）。当然エレベーターも止まり、高層階へ帰るにはみな階段を上らざるを得ない（これも今の自分にとっては、自宅がある五階まで階段を上るのは血圧に悪影響を与える）。今回の北海道では火事などの二次災害はなかったが、東京でも火災が全く発生しないなどとは考えられない（ウチの隣は銭湯で、その危険は非常に高い）。

大きな自然災害が起こるたびにいつも防災対策の必要性が叫ばれるが、人間の甘さゆえか、「のど元過ぎれば熱さを忘れる」ではないが、まさに自分も何の準備もしていない一人である。六〇歳を過ぎた私の体は、これまでとは全く異なり、厳しい環境に耐えられるものではなくなっている。前もって考え得ることを合理的に想定して、それに対応しうる策を講じておかなくてはならない。　～一九時五六分

二〇時一五分

「西日本豪雨」「台風21号」「北海道地震」これらに加えて、例年にはない猛暑。立て続けに起こったこれらの自然災害は、都市部では想定を上回る被害をいくつも生み出した。集中豪雨や川の氾濫、水害に高潮、考えられないような暴風、雷や竜巻。これらがこの夏の

数ヵ月間に生じたのである。二〇一一年三月の「東日本大震災」以降、最近の熊本地震も含め、日本列島は全域が様々な自然災害の脅威にさらされ続けている。それらはまた人災をも生み出す契機にもなるし、国や各自治体もそれなりの防災対策をしてはいるが、結局、自分の身を守るのは自分しかいないのである。まさにこの体で生き延びるために、いかに行動すべきなのか……？

リハビリを続け、少しずつでも体力の回復を図るのはもちろんだが、メンタルトレーニング（何をもってそう言うのかはわからないが……）も重ねて、精神力の強化にも努めなくてはならない。精神的な落ち着きを維持するために何をするのか？　当たり前だが、まずは呼吸法。深呼吸を数回繰り返し、血圧を下げて、メンタルにも達観する安定感が大切である。　～二〇時四七分

九月八日（土）　うす曇り

六時五〇分

四時一〇分に三回目のトイレに起きてからはあまり眠れずウトウトする程度。時計を見

たら五時二〇分頃で、それからも少しトロトロ。看護師の点灯で六時過ぎに起きた。
今日は関東南部以外はほとんど雨で、北海道地震の被災地では、この雨でさらに土砂崩れの危険性が高まっている。電力供給は今朝九九％まで回復したという。ほぼ丸々二日、四八時間かかったことになる。生き延びる手段として「我慢することと、我慢しないこと」このあたりの判断はとっても大切である。何に耐えて、何をテキトーにやり過ごすのか……？

朝食：サバ粕焼き、ブロッコリー／ホウレンソウ、ニンジン、胡麻あえ／牛乳／ロールパン×2、マーマレード、ジャム
昼食：焼きそば（豚肉、キャベツ、ニンジン、タマネギ）／カリフラワー、豆マヨあえ／シュウマイ×2／メロン
夕食：トリ肉、小松菜、コンニャク、大根、ニンジン／キュウリ、キャベツ／麦ごはん／ゼリー

一五時四八分
今日のリハビリは午前午後ともエルゴメーター三〇分。負荷を変えて血圧がどう変化す

るのかを、五分おきに測りながらペダルを回す。体力的には非常に軽い負荷で、全く問題だとは感じなかったが、血管の安全を図るためには、運動中ではあってもとにかく血圧を120台に下げておく必要があるという。もちろん、低ければそれだけ血管壁に圧力がかからないのだから、より安全である……という理屈はわかるが、そうすることで何をどこまでできるのかとなると、非常に難しい。主観的に聞く体の声と、客観的な血圧の数値とを両にらみして、抽象的な「無理のない範囲で」というところを判断していかなくてはならない。簡単な方法の一つは、先ほど野村トレーナーに言われたように「ちょっとやったら休む」ということかもしれない。　～一五時五六分

一七時一二分

シャワーを出て、バナナ三分の一と缶コーヒーのおやつ。そのあと、このノートを少し読み直す。特に日大病院での入院生活（特に八月二〇日、二週目以降。中でも八月二五日の和久井ドクターの説明）について書いたものを再読して、改めて、フィジカルとメンタルとのバランスの大切さを実感する。これまでと全く同じような生活をするのは（野村トレーナーの言うように）自殺行為に等しい。関野院長からは、安静時130未満、運動時150未満と聞いているが、野村さんに言わせれば、安全のためにはそれぞれ120未満、

130未満と、より厳しい血圧管理が望ましいということになる。彼女からは、「病気前のようにロードで一〇〇キロメートル走るのは無理！」と言われてしまい、「趣味を変えろ」と忠告されたが、このあたりは、自分の体力と心血管などの状態とのバランスをしっかりと考えながら、一方で「生き延びる」という強い意志と、ストレスを溜めない「やり過ごし方」の工夫の両方が求められるのだと思う。

何か行動を起こしては、少し休む・間に休みを取る。時間が余計にかかるのは致し方ない。そこの部分を退院後は常に意識しながら、また心臓大動脈をいたわりながら生活できるようになることが、当面の目標になる。「今日はやめておこう……」という〝あきらめ〟や、ある意味での〝いい加減さ〟も重要なのだ！　～一七時三二分

九月九日（日）　晴れ

七時〇一分
今日は「9」が並ぶ〝救急の日〟だという。まさに、一ヵ月余り前に救急搬送により命を取りとめた身にしてみれば、あの日世話になった救急隊には本当に感謝である。

朝食：目玉焼き、キャベツ、アサツキ、ニンジン／ハム、キュウリ、春雨／牛乳／食パン×2、ピーナッツバター、ジャム

昼食：トリ焼き、カリフラワー／ナス、ニンジンひたし／小松菜、パプリカあえ／オレンジ

夕食：カレイ煮付け、ニンジン、インゲン／ひき肉、タマネギ、キャベツ／麦ごはん／ゼリー

七時四九分

昨夜消灯後から一時間半、二二時三〇まで、NHKスペシャル「未解決事件　警察庁長官狙撃事件　容疑者Nと刑事の一五年（実録ドラマ）」を視聴。非常に面白かった。真犯人と目される中村泰（イッセー尾形）と、それを追及する捜査一課原刑事（國村隼）。この二人のやり取りは、ドラマとはいえ、本当にこうだったのだろう……と思わせるような迫真のものがあった。すべては「オウム」のせいだ、と先入観からオウム犯人説にこだわり、最後までメンツを守ることしか考えられなかった公安部の愚かさと、あくまで中村が真犯人だとして、なんとしてでも決定的証拠を得ようとする原刑事。しかし物証（銃）や

共犯者を突き止められないまま一五年が過ぎて、この事件は時効となってしまう。

そんな経過をたどる中で、中村が言ったという「世の中は一〇の真実があるのではなく、九の真実と一つのウソでいいのではないか」と原へ持ちかけた両者の妥協策も実らず、結局自ら「あれは間違いだった。世の中は九つのウソの中に真実は一つしかないのだ……」と述べるところは、まさに人間社会の真の姿なのかもしれない。

（一五時四五分～）中村泰は今年八八歳で、岐阜刑務所に収監中である。彼自身は果たしてどんなつもりでこの狙撃事件を起こしたのか？　自ら革命家だと宣して大量の銃を所持していたが、一部の警察が言うように、単なる自己顕示欲が強いだけの男だったのか？　それだけではパスポートや他の書類、資金、思想、様々な面で一人でこなせるものではないだろう。まさしく自分の一生すべてを懸けて（一般人から見れば一生を棒に振って）あれだけのことをやって、刑務所暮らしをしているのである。その心の深層は余人にはにわかには量りがたい。　～一五時五二分

一六時五三分

今夕までに北海道地震の死者数は三九人にのぼり、まだ行方不明者も残っているという。安倍首相が北海道入りをして被災地視察をしたらしいが、避難所を訪れるなどはどうして

も総裁選のため……とも思えてしまうのはうがった見方だろうか？　今月二〇日に投開票がなされるというが、既に安倍は国会議員票の九割を押さえたと報じられ、ほぼ三選は間違いないという。世論調査では、直近でも不支持のほうが支持を若干上回っているとのことだが、自民党という狭い閉鎖組織内では全く逆のことが起きている。民主主義の劣化が言われて久しいが、世論が指導層に伝わらない時に大衆に何ができるのか……？

かつての日本では、応仁の乱（一四六七～一四七七年）を挟んで各地で農民の反乱（一揆）が多発したし、ヨーロッパ各国では英（清教徒革命）、仏（大革命）、露（ロシア革命）はじめ、多くの〝革命〟が発生した。二一世紀の今日、日本だけでなく先進国と呼ばれるような国では、それぞれの国民は体制に飼いならされてしまっているようにも見える。そんな中、社会の分断を顕在化させ反対陣営を活気づけているトランプのアメリカは、もしかすると新しい〝革命〟のあり方を模索しているのかもしれない。　～一七時二七分

一七時四五分

◎院内観察

・同室のOさん。今夕も奥さんが来ていて世話をしていたが、今日はいつも以上にOさんが口答えして、かなり大きな声を出していた。奥さんが「個室じゃないんだから」と言

うと、「聞こえないんだから」とOさんは言い返す。日中ほとんど寝てばかりいるように見えるOさんだが、奥さんがいる時だけはかなり元気（？）である。

・同室のSさん。午後、おそらくビル管理の仕事仲間だろうか、若い男性三人が見舞いに来ていた。中庭側のテーブルで団欒していて、Sさんはリハビリを休んだ。昨夕はキーパーソンの叔母さんが来ていた。

・Hさん。八〇歳＋αの高齢男性だが、昨日今日と午後のリハビリで並んでバイクをこいだ。昨日初めて少し話すと、脳梗塞とのことだが、それ以前にもあれこれ病んでいるらしい。ガンになったし、他にも病歴が多い。それでも15W×一五分をしっかりこいでいて、明日退院するようである。

一八時五〇分

ＴＢＳ「世界遺産　イギリスの湖水地方」を夕食時にライブ視聴。言わずと知れたピーターラビットの故郷である。作者のビアトリクス・ポターはロンドンの裕福な家庭に生まれ、一六歳の時に家族旅行で初めてこの地を訪れた。三九歳で住み慣れたロンドンを離れて湖水地方に移り住んだ。農園に暮らし、庭づくりをして一部畑も耕しながら、一九四三年、七七歳で亡くなるまでずっとこの地に住み続けたという。人生のちょうど半分、前半を都市に住み、残り半分を湖水地方に暮らし、その風景を愛した。その中からピーターラビットは誕生した。緑豊かな丘陵と湖の風景は氷河の生んだものだが、今日の姿は人が作ったものだという。人の手で石を積み、牧草地の区画を作り、そして開発の手からこの風景を守るため、ポターは印税を使って、周辺の農園などの土地を購入していった。これがイギリスの自然保護団体「ナショナル・トラスト」の起源となっている。

ポターの前半生については全く知らないが、この番組からうかがえた彼女の後半生は、とても幸せなものだったと思う。もともとポターはキノコの研究者になりたかったらしいが、当時の社会事情がそれを許さなかったという。しかしそのことが、結果的に素晴らしい後半生を生み出したことになったのだ。六〇歳、還暦という折り返し点で大動脈解離を抱え込んだ自分にとっても、ここから彼女のように、また全く別の実りある後半生を過ごしていきたいと切に思う。　～一九時二三分

九月一〇日（月）うす曇り

六時五八分
天気は下り坂とのこと。季節の変わり目が近づきスッキリしない空模様らしい……。明け方、四時五〇分にトイレに起きてしばらく眠れなかったが、どうやら六時二〇分頃まで少し寝たようである。ストレッチ＋足上げ腹筋を少し＋トレーニングチューブで腕もやった。

朝食：クリームシチュー（チキン、ホウレンソウ、ニンジン）／キャベツ、パプリカ／牛乳／食パン×2、ジャム
昼食：タラ粕焼き、ブロッコリー／冬瓜、ニンジン煮／小松菜漬し／バナナ
夕食：肉豆腐（牛肉、豆腐、キャベツ、ネギ、ニンジン）／カブ菜漬け／麦ごはん／ゼリー

一二時四五分

午前中のリハビリ後、一一時近くに大幸ドクターが来て、退院について聞かれた。「明日、和久井ドクターに会ってから」と伝えた。そのあと薬剤師も来て、今服用中の薬について説明を受ける。体調その他についても質問された。看護師も「退院時アンケート」なるものを持ってきて、いよいよ退院間近だ……ということを感じる。リハビリ中にも大塚トレーナーが「退院後はすぐ大学へ出講しますか？」と聞いてきて、日常生活に戻った直後の行動について質問があった。

予定どおりであれば、ここでの入院生活も残り二日に満たない。具体的に退院後の生活について、そろそろ考えておく必要がある。

九月一二日（水）退院当日　銀行回り→事務所（郵便物、本など）→散髪
九月一三日（木）二日目　一日あけられる？　ＡＤＳへ行くか？
九月一四日（金）三日目　夕に出講
このあと、一五、一六、一七日（月）まで三連休
☆一二日昼に帰宅した時：どこに何があるか（通帳、鍵、本、資料……）確認

一五時一六分

明日夕、和久井ドクターに確認すべきこと（可能な限り客観的なデータは知りたい）
◎退院後：外来診療計画
・今後、解離部分はどうなっていくのか？　おそらく血圧変化量やその頻度によるのか
……
・危険な病変を自覚できるのか？　瘤となっても自覚症状はない……
・今後起こり得るリスク　解離した血管はそのままで安定するのか……
◎活動量、運動負荷、時期：ＣＰＸ（心肺運動負荷検査）をまだ受けていない
・いつぐらいから、どの程度の負荷をかけられるのか？　ジョギング
一ヵ月（九月六日）・三ヵ月（一一月六日）・六ヵ月（二〇一九年二月六日）
◎症状
・血圧の差（左右で常に左が高い）
・偽腔内の血流、向き、量、どこから入ってどこへ血液は流れているのか？
・血管の硬さ　下肢動脈硬化検査　解離が原因か否か？

一七時一一分
シャワーから戻ると、雨がパラパラ降っている。天気は下り坂で明日もスッキリしない

との予報である。北海道の地震では、厚真町で最後の安否不明者が発見されて、死者四〇名となった。そのうちの八割余りが、大規模な土砂崩れのあった厚真町の人々である。ここではいまだに水道は復旧していなくて、住民は自衛隊からの給水頼みのまま厳しい生活を送っている。停電はほぼ解消されたが、電力供給はピーク時より少ないままで、政府・北電は二〇%の節電を道内全域に求めている。

札幌市清田区の液状化被害はひどいものだが、札幌市中心部は節電以外は割と元に戻ってきている様子に見受けられる。

あれこれの条件を考え合わせると、この先も過疎化はますます進み、それぞれの地域から大都市への人口集中はより加速するであろう。町内いたるところの谷筋で山の斜面が崩れ落ちた厚真町では、おそらく被災して生き残った人々は、もう元の土地には帰らないのではないかと思われる。よくて町の中心部、若い人なら普通の状態であっても札幌などの都市部へ出るだろうし、何かツテがあれば北海道を離れる人もいるであろう。

国土の中で人が全く住んでいない地域がどんどんと広がっていき、高齢化と相まって都市部の様々な面でのキャパシティ（医療、介護、仕事、交通、住居……）は、あっという間に限界に達する恐れがある。移民・難民受け入れ以前の問題として、災害がなくても地方の限界集落を離れて都市に移り住む人々がひっきりなしになるのは目に見えている。そして最悪の想定としては、極度に人口集中の続く大都市部に巨大地震や台風などの自然災害が襲ってくることである。　～一七時四三分

数ヵ月前（六月）の「大阪府北部地震」では人的被害は少なかったが（小学校のブロック塀倒壊で女子児童が亡くなったｅｔｃ……）、確か平日朝の通勤時間帯で、鉄道や道路など交通機関がマヒ状態となり、多くの市民の生活に影響が出た。さらに先日（九月四日）には猛烈な勢力の台風21号に襲われ、大阪中心部はすさまじい暴風により多大な被害が出ている。

（一八時五二分～つづき）関西空港は孤立し、連絡橋にも大きな損傷（フェリー衝突）が出た。高潮の被害も大きく、湾岸沿いはいたるところで海水に呑み込まれてしまったのである。大阪だけでなく、しばらく前の「西日本豪雨」で大きな被害を受けた地域も再び暴風雨の被害を被り、まさに気象災害の連続パンチをもろに浴びたことになる。

九月一一日（火）うす曇り

六時一九分

昨夕からの雨は夜中には割と強い降りになったようで、今朝はやんだが窓の外はかなり濡れている。関野病院での〝病床八尺〟も終了が近づいているが、一週間が過ぎるのに、まだ落ち着いて窓からの視界について描いていない。

日大病院９Ａ棟５号室から見えたお茶の水の景観と異なり、ここ４０２号室からの景色は特定できる建物もほとんどなくて、すごく雑然としている。病院の前面道路の幅員は狭くて（六メートルくらい？）、周辺の建物もほとんど二、三階建てで視野の下である。かなり遠くに池袋駅西口の東武デパートの広告塔がチラリと見えている。その他、やはり西口周辺だろうか、十数階建てのビルや中高層マンションが不規則に並んでいて、かなり立て込んでいる印象である。

〜六時三一分

朝食：サバ焼、シソおろし／小松菜、ニンジンあえ／牛乳／食パン×２、ピーナッツバター、ジャム

昼食：豚肉、小エビ、白菜重ね／パプリカ、タマネギ、ブロッコリー／焼豆腐、インゲン／大根酢漬け／メロン
夕食：卵重ね焼、ひき肉、ホウレンソウ、えのき／キンピラごぼう、ニンジン／麦ごはん／ゼリー

八時四四分
自主トレに出た時に、ちょうど有本ドクターに出会った。夜勤明けか、私服で傘を持っていて、帰宅するのかこれから日大病院へ向かうのか……。挨拶すると、すぐ「今晩、和久井のほうから説明がありますから」と言われた。互いに「よろしくお願いします」と言い交わして別れたが、ドクターたちも含めてみな予定を把握している。ありがたいことだと思う。
自主トレウォーク二五周（一三七五メートル／一四分四五秒）は、これまでで最も速いペースで歩けたし、そのあと続けて階段1フロア×二回をこなした。連続の上りではなかったが、さすがに二回目はちょっとキツかった。ステップを二往復してすぐの血圧は、左：139／71、脈拍67。右：133／67、脈拍65と、ギリギリ140未満だった。「ちょっとキツイ」と感じるあたりの負荷でこれぐらいの血圧になるということをきちんと意識す

ることと、呼吸法を忘れずに行動中はしっかりと吐き出すことが大切である。

朝のニュース（ＮＨＫ）を見て思い出したが、今日はアメリカ同時多発テロから一七年目にあたる日である。このところ日本国内では大規模災害が続いているが、ＮＹのワールドトレードセンターが二棟とも倒壊したのは、ジェット機をミサイル同等に扱った人為的テロなのである。あれから早くも一七年が経過し、世界はますます混沌とした状況の中にある。

〜八時五九分

一〇時一八分

午前のリハビリで、たまたまバイクの隣に、あとから同室のＳさんが来た。「Ｔ大病院からの転院ですか？」と声をかけて少し話をした。こちらの発症時のことを話すと、Ｓさんも自分の様子を話してくれた。それによると、彼は八月一八日に自宅アパートで倒れ、自分で救急車を呼んだとのこと。やはりすごい痛みだったようで、その状況でよく自分でＴｅｌできたものだと思った。「玄関の鍵を開けないと……」とも思ったとのことで、発症時も意識はしっかり保持していたらしい。アパートに一人暮らし（独身か？）で、見たところ三十代後半か、もしかすると四〇に手が届くくらいの年かもしれない。一般的に言えば〝ロストジェネレーション〟にあたり、おそらく彼も厳しい時代に社会に出たのだろ

う。　～一〇時三四分

一一時〇三分

今しがたトロトロしかけた時に井坂ドクターが来た。運動中の血圧について、「まだ一ヵ月余りなので、解離した血管が固まっていないから、あまり無理して早歩きなどすると危ない」と言われた。発症後二週間が最初のヤマで、次が一ヵ月、三ヵ月とヤマがあって、その間大きな変化がなければ、六ヵ月くらいでようやく安定するという。自分にしてみると非常に長い時間なのだが、とにかくその間、何事もないように血圧を抑えておかないと、「突然、振り出しに戻る」ことにもなりかねないらしい。「運動中にポーンと160くらいになっていたかもしれない」と言われると、それはないとは言い切れないのだ。直接の主治医ではなくとも、井坂ドクターからそう言われてしまうと、やはり自分としてはもっと慎重にならなくてはいけない……と思ってしまう。調子に乗ってドンドンやってしまうと、それこそ解離した血管に何が起こるかわからない。血管が落ち着くといわれる六ヵ月（来年の二月頃）まで、とにかく〝あせり〟は禁物である。　～一一時一七分

一七時三九分

先ほど一七時少し前にリハビリの野村トレーナーが来て、「退院後の生活」について、とても詳しく説明してくれた。基本事項はほぼ理解しているつもりだが、彼女に言わせると、「ほどほど」が心臓血管を守る上では最も大切である。彼女もやはり、社会に出た時、街中で、周りの人から見て心血管の大病を抱えているようには見えない、というのが大きなリスクだという。公共空間では他人にぶつかったり、突然車や自転車が出てきたりと、危険は一杯である。階段を上がらなくてはならない場合でも、「ゆっくり時間をかけて、途中で休んで深呼吸」これだけで血圧は下がるのである。

要は、物理的な時間の余裕をたっぷり取って、これまでのライフスタイルを変えることである。野村トレーナーいわく「人生設計を切り替えるチャンス」なのである。自分の強みである〝バランス感覚〟を最大限に生かして、体の声を聴きながら一日でも長く生きていこう。　～一七時五六分

二〇時四二分

先ほどまで和久井ドクターと面談。妻、息子も同席（二〇時一〇分～二〇時三五分）。

◎和久井ドクターの意見（これまでの血圧記録を見せながら）

・何か行動をすれば、血圧変動があるのは当たり前。どんどんと150、160と血圧

が上がっていってそのままだとしたらリスキーだが、血圧記録を見るとそんなことはないし、極端に上昇していることもないので、この程度ならOK。

（この病気の人は手術後もみんな、下行大動脈に解離は残ったままである）

- 程よい負荷であれば、運動して動いたほうがいい。
- 脳の血管腫はほぼ問題ないが、再度日大病院でもチェックしよう。
- 心臓、冠動脈はとてもきれいで立派、こっちは大丈夫そう。
- ホルター心電図：〇・四％。これもほぼ問題ない。
- 大動脈弁：一％くらい。ほとんど逆流はなくなっている、OK。
- 血圧左右差：弓部から右腕へ向かう血管が少し閉塞していた。まだ多少ある。
- 解離部分：エントリーはすでに人工血管で塞がっている。つなぎ目部分もCTではとてもきれいになっている。偽腔側はまだリエントリーから血液が逆流していて、そこのラスト部（弓部のところ）が、今後膨らんで瘤になるかもしれない。その時になったらそこを手術するほうが合理的（まずは命を救うこと）。

↓一度に弓部まで換えてしまうという医師もいるが、負担がより少なく合理的に考えれば、上行部分のみの交換でまずは充分と思える。

◎田中さんの場合はもともと体力があって、動いてもさほど心拍も上がっていないので、（無理のない範囲で）（おそらく血圧手帳に記した程度の負荷ならば）動いて構わない。
◎外来での定期的なチェック。その時にリハビリも入れればいい。

今夜が和久井ドクターの当直日なので、二〇時過ぎからていねいに話を聞けてとてもよかったと思う。いつものように娘のことも気にかけてくれて、本当にありがたい。妻は帰宅後のことを心配していて、急に倒れている（自分が帰ったら死体が転がっている……）なんてことはないか？　と、かなり直接的に質問していたが、和久井ドクターは「まずほとんどあり得ない」と否定してくれた。

これで明日午前中には退院である。出たあとが肝心である。すぐにも入院費などの資金の工面が必要だし、事務所の片づけや、あちこちへの連絡など、いろいろやるべきことは多い。とにかく焦らずに、血管をいたわりながらゆっくりとこなそう。時間はたっぷりとあるのだ。

消灯前の二〇時四〇分過ぎに、息子にいくつか荷物を持たせて、妻らを見送った。明日九時に妻が迎えに来てくれる。　～二一時二四分

九月一二日（水）　晴れ

七時一二分

いよいよ退院。関野病院での最後の朝である。昨夜は二回トイレに起きたが（二三時五五分／二時三五分）、そのあともしっかり寝たようで、看護師の起床点灯で六時〇五分に起きた。いつもどおり七時一〇分頃から自主トレウォーク二五周。途中二〇周ぐらいで医局の前に来た時に、ちょうど和久井ドクターが出てきて、挨拶をして昨夜のお礼を言った。「頑張ってください」と声をかけてもらった。

朝食：厚揚げひき肉、インゲン、ニンジン、タマネギ／小松菜、パプリカあえ／牛乳／食パン×2、ピーナッツバター、ジャム（最後の朝食メニュー）

（これ以降は、退院後、自宅での記録）

二〇時〇五分

九時過ぎに妻が来て、退院準備。たいして荷物もなく、サンダルを箱に入れて着替えると、あとは細々としたものぐらい。事務の会計と、自宅での薬が来るのを病室で少し待った。九時二五分頃、薬剤師が九月二七日の外来日までの薬と「お薬手帳」を持ってきた。薬は、毎朝飲んでいるもの三種類。その後しばらくして会計が出たので、先に妻が一階へ行って支払いを済ませた。

九時五五分に、二週間余り過ごした402号室を出て、ナースステーションに寄って挨拶。リハビリ中のトレーナーにも、邪魔にならないようにちょっと挨拶。野村トレーナーと大塚トレーナーはいなかったが、お世話になった他の三人のトレーナーにはお礼を言えた。

一〇時前には玄関の待合室に降りて、妻がタクシーを呼ぶと五、六分で来るという。

一〇時〇五分頃タクシーに乗り込み、久々に外の風景を楽しんだ。

道路は割と空いていて、一〇時三二分帰宅。五週間と三日ぶりの自宅である。居間の様子（良くも悪くも雑然とした雰囲気）は、あの日、激痛に襲われた時と全く同じだった。

この半年を振り返って

二〇一八年八月六日の昼下がり、自宅の居間で突然の胸痛に襲われてから七ヵ月半が過ぎた。その後、九月一二日の退院からでも半年余りが経過したことになる。その間に私の生活は、病気前とは激変している。設計事務所にこもることはほとんどなくなり、学生たちと向き合うことも少なくなった。さらに、所属チームでの週末の子供たちとのサッカーも、全くできなくなってしまった。

逆に心臓リハビリのために、不忍池の周囲を歩いたりロードバイクで荒川沿いを走ったりすることが増えている。以前からロードバイクにはよく乗っていたのだが、自宅近くの不忍池を毎日のように歩くことなど、これまでには全くなかったことである。それによって、今まで見ることのできなかった様々な事象を目にすることができていて、前とは違う生活を体感している。

手術後五日目の八月一一日昼過ぎに、看護師に鉛筆をねだってメモ書きをするようになった。書いた用紙は、手元にあったA４サイズのリハビリ予定表の裏である。

以前から日記をつける習慣はあったが、本書の冒頭、メモの書き始めにもあるように、これは単に、自分に起こったことを記憶にとどめておきたいという我儘からしていることに過ぎない。それゆえ本書の一、二章は、九月一二日に退院するまでの日々を綴った自分の勝手な雑感でしかなく、退院後の暇な時間を持て余し、手書きのノートをとりあえず活字に打ち込んでみただけのことなのである。したがって、文章の推敲などは一切していない。また、カタカナ表記などもあえてそのままにしている。日付はもちろん、書いた時刻の表記もそのまま残した。ただ、明らかな誤字脱字は、さすがに自分でも情けなく感じるので直している。

「何か不幸に見舞われても、それにより別の危険にあわずに済むことになっているということを、決して忘れてはならない」と言ったのは、チャーチルだったような気がする。それに倣うわけでもないが、今回自分が見舞われた急性大動脈解離という病を「不幸」とするか否かは、ひとえに自分自身の気持ちのありようにかかっていると思う。

救急搬送された東大病院ＥＲでの数時間、その後転送された日大病院の９Ａ病棟で過ごした三週間と一日、そして転院後に関野病院４０２号室で過ごした二週間と二日は、自分にとっては、まさに人生の分岐点となった時間である。その間にお世話になった方々には、言葉ではとても表すことのできない感謝の気持ちで、今でもいっぱいなのである。主治医の先生方はもちろん、看護師のみなさんや介護士のみなさん、検査技師やリハビリチームの先生方、救急搬送や転送時の救急隊員の人々、さらに清掃や調理を受け持つ人々、その他にもこれまで私に関わってくれたすべての方々に、心からのありがとうを伝えたい。

二〇一九年三月二二日
病気で倒れた時と同じ居間のテーブルで

夕闇迫る不忍池
2019 年 3 月 26 日 17:20

不忍池のほとりにて

心臓リハビリの途上で思うこと

二〇一八年九月一二日退院後～現在まで

晩秋の不忍池

毎日のように目にする見慣れた風景が、ちょっとしたきっかけで全く違うものとして見えてくるようなことなど、果たしてあるのだろうか？

いつも通る道端の景色は日々変わることなく、昨日と同じものが同じ場所に同じように見えている。注意して観察すれば、曜日や時間帯、光の具合や天気によって、全く同じ風景になることなどあり得ないのだが、日常における人間の注意力などたかが知れていて、ルーティンに埋もれた状態に身を置く限り、なかなか些細な変化になど気づくはずもない。特に時間に追われ決められた予定に従って移動している人にとっては、周囲の風景に目を留める余裕など、はなからないのかもしれない。

しかし、わずかな時間の違いや天候の違い、さらには毎日少しずつ移ってゆく季節の違いなど、今と全く同じ条件であることなど、少なくとも自然環境のレベルではあり得ないだろう。昨日歩いた同じ場所を、同じ時間に今日歩いたとしても、周囲への観察を怠らなければ、たとえわずかであっても昨日とは異なる情景をいくつも見出すことができるはずである。

おそらくこの観察力を発揮できるか否かは、ひとえにその時の心の状態によるのだろう。安定して落ち着いた精神の状態を維持していなくては、周囲のかすかな違いや変化を意識することはまず無理である。

変化や差異への気づきの一方で、それら普段の何気ない風景から、それとは全く別の空間に思いを飛ばすことはできるのだろうか？

「発想の転換」とはよく言われることだが、たぶんこれは注意力や観察力などとは異なり、意識しさえすればたやすく可能になる、というものでもないであろう。思い付きやひらめきなどと同様に、今、目にした景色から何か別のことを発想するのは、非常にハードルが高いと思う。さらに言うと、小さな変化を捉えようと周囲を意識すればするほど、今現在ある空間に精神は拘束されてしまい、自由に発想を膨らますことは難しくなるようである。

かく言う自分も、毎日のように歩いている不忍池周辺の風景の中で、注意してみれば一つ一つの小さな変化に気づきはしても、全体としてそれは昨日とさして変わらない不忍池なのである。桜並木の葉の色、楠の巨木の枝ぶり、弁天堂の屋根の陰影からボート池のスワンボートの数まで、それらの要素の在り方は毎日みな違うことは意識されるのに、全体としての風景は、やはり不忍池のままなのである。

ところが今日の昼時、曇天で肌寒い中、ほとんど人気のない池の周りをいつもどおりに歩いていると、これまでは全く思いもしなかったことが、自分の心の中にフッと浮かび上がってきた。それはいつものように池を四周歩くつもりで、三周を過ぎラスト一周を逆回りに変えて進みながら、ビオトープのデッキに差し掛かった時であった。ボート池越しに見える桜並木の先の上野の街並みが、いきなりケンブリッジから見たチャールズ川越しのボストンのスカイラインに思えたのである。

自分でもこれにはちょっとびっくりした。どうしてそんな思いが、その時自分の心に浮かんだのかはよくわからない。しかしそう思った次の瞬間、広小路のパルコヤ（松坂屋隣）が入る上野フロンティアタワーのガラスのヴォリュームが、ボストンのジョン・ハンコック・タワーに見えてきたのである。

退院後のリハビリでほとんど毎日のように歩いていた場所なのに、これまでは一度もボストンを思うことはなかった。ボート池の大きさはチャールズ川の広がりとは全然スケール感が違う。特に今日のようにグレーに垂れ込めコントラストのない色彩は、桟橋につな

不忍池のボート池越しの上野広小路、上野フロンティアタワー（2019年1月撮影）

チャールズ川越しのボストン
右がハンコック・タワー
（1984年3月撮影）

ぎ留められたたくさんの無人のスワンボートを一層寂しげにするうえに、晴れた日のチャールズ川に浮かぶたくさんのヨットの帆の白さとは、全く違うものに見せてしまうのである。

しかしながら、今日に限ってなぜか突然、自分の心にボストンの遠景がくっきりと浮かび上がったことは、確かな事実であった。

明らかにこれは意識してできたことではない。不忍池のほとりを歩いている時に、無意識の下からいきなりチャールズ川が見えたのだ。そしてそれは、イースト・リバー越しのニューヨークでも、ミシガン湖の先のシカゴでもない。自分がかつて二十代半ばに三年余りを過ごした、ケンブリッジからのチャールズ川越しのボストンなのである。

現在のボストンのスカイラインは、果たしてどのように変化しているだろうか？　それは今の自分には知る由もない。けれども今日の昼時に、不忍池をチャールズ川だと思った瞬間には、上野フロンティアタワーとハンコック・タワーが相似をなしていて、他のものが意識されることはなかったのである（後日、それぞれの画像を並べてみるとそれほど似てはいないとも思うのだが、その瞬間の自分の頭の中では両方の光景が完全に一致していたのである）。

こうしてペンを走らせている今この時でも、どうしてボストンなのかは自分でもよくわからない。無意識の奥の奥にそれは潜んでいたのだろうか？　もしかするとこの夏に急性大動脈解離に襲われることがなかったならば、たぶんいつまで経っても、不忍池からチャールズ川を思い出すことはなかっただろう。付け加えると、今しがたこの病名を書いた時に、自分がケンブリッジに暮らした時期には、既に父はこの病気に見舞われたあとだった……という事実も思い出されたのである。

人の心のありようとは、それが自分のものであっても、全く捉え難い不可思議なものである。

二〇一八年一一月二二日（木）記

虚空によみがえる

ある人の遠い過去の生活や行動、またその時に感じたであろう気持ちなどは、果たしてどこまで記憶として呼び起こすことができるのだろうか？　特にそれらが、幼い頃の何十年も昔のはるかな過去である場合、今現在の日常では全く意識されないような自分の過去を再び心に描き出すことは可能なのだろうか？

齢を重ねるにつれ、自分が生きた物理的時間の長さは日々積み上がり、それと同じだけの生活体験や感情のあり方も自分の中には残っているはずなのだが、「老いる」という肉体的精神的過程は、それらすべてをそのままの形で残していくことを許しはしない。「忘却は老いの特権」とはよく言われることだが、嫌なこと、つらいことだけでなく、楽しかったはずのことまでも知らないうちに自分の記憶から薄れてしまい、本当に残らなくなったとしたら、一個人の生涯としてあまりに淋しいような感じがする。

私自身は六〇歳を過ぎた夏に急性大動脈解離を患い、かろうじて九死に一生を得ることができたのだが、この病気により、これまで普通にできていたことの多くができなくなったことも事実である。「老い」を感じることなどほとんどなかったこれまでの自分の生活は、否応なく一変し、壊れかけた自分の体と正面から向き合わなくてはならなくなった。その一方、体だけではなく心に関しても、意識してそれを見つめ直す時間を得ることができた。そしてそれは、自分のこれまでの過去を少しずつ掘り起こしながら、失われつつあった記憶を取り戻そうとする作業につながっている。

もちろん、そうは言っても、過ぎ去った過去は簡単にはよみがえらない。これといった強い印象を残さなかった事象は、どんどんと記憶から消去されていく。日々の暮らしの些細な出来事は、特にそうである。けれども、それらの無数にあったすべてが抹消されてしまったのだろうか？　もしかすると自分の心の奥底に、無意識の領域として秘密の倉庫があり、一つ一つ大切にしまい込まれているのではないだろうか？　そして、あるきっかけがあると、倉庫の扉が開いて中にある一つの記憶の種が、自分の心の意識下に小さく花を付けることがあり得るのかもしれない。たぶん本当の思い出とは、そのような精神的な現象をいうのであろう。

連休中日の今日も、肌寒い空気の中へ、いつものようにリハビリウォークに出た。不忍池の周りには好天だった昨日ほどの人出はなく、曇天の下で橙に山吹を混ぜたような、一部に少し赤味も残る、複雑な色合いの茶色に変わったサクラの葉が、晩秋のもの悲しさを伝えていた。

いつもと同じようにボート池を左回りに歩きながら、カントは毎日、同じ時刻に同じ場所を同じルートで散歩していて、それがケーニヒスベルクの人々の時計代わりになっていたというエピソードを思い出した。一周したところで、自分はそんな哲学者ではない……と変な言い訳を浮かべながら、普段歩かないハス池のほうへ足を踏み出した。

ハス池越しに見る弁天堂や上野の森は、視線の角度が異なって、いつもとは違う景色となった。そのまま広小路の山すそから、桜並木の公園のメインプロムナードを上っていく。さすがにここは家族連れやカップルなど大勢の人が散策している。外国人も多い。人込みを避けるため、途中から左に折れて、東照宮の参道のほうへ向かった。石鳥居の前を横切り、動物園前の広場に抜けようとした時に、斜め右手に少し盛り上がった平らな狭い空間があった。真ん中あたりには五、六本の大きな樹木が空に伸びていて、周囲は林に囲まれている。新しいベンチが何本か、緑地との境に設置されている。初めて入る場所である……。

しかし実のところ、私にとっては初めてではないのだ。
そこはしばらく前までは、こぢんまりとした児童遊園地があった場所である。一綴り一〇枚か一二枚かのチケットを、乗り物に応じて二枚とか三枚とか切って係の人に渡すと二、三分、動く遊具に乗ることができた。ジェットコースターなど、今でいう派手なアトラクションは全くなくて、飛行機のようなものが吊られてゆっくり回ったり、タコの足先にぶら下がったかごに乗って回ったりと、おとなしめのものばかりだった。

全部で七つか八つくらいしか遊具の種類はなかったと思うが、その中で一つ、狭い台の上をグーッとまっすぐ動いていき、急にグルッとUターンしてまたまっすぐ戻り、またUターンという、一台に二人乗れる車が何台かついているものが、幼い自分にとっては一番面白かったということをよく覚えている。ゆっくりグーッと進み、くるぞくるぞ……と思っていると、ガクーンと急にスピードを上げて大

上野動物園正門前の小高い小広場
かつてここに小さな児童遊園地があった。高木は当時のままと思われる

きくUターンする。たったそれだけのことなのだが、回っていく時の大きな遠心力が小さな体に与える衝撃はかなりのものがあり、その瞬間にワーキャー声を上げていた。

終戦直後に開園して七十年余りの歴史を持つこの児童遊園地は、二〇一六年夏に東京都の要請により閉園になったという。ネット上には、幼い子供を持つ若い親たちからの閉園を惜しむ声も散見できる。その中のお一人の意見として「〝ロータリーチェア〟が園内唯一最高の絶叫マシン」とのことで、幼き日の自分の感覚も正しかったのだと、改めて思い返すことができた。

その後この児童遊園地は、しばらくそのままの状態で放置されていたが、数年前に工事の手が入り、今では完全にその姿を消している。「次はあれに乗る」と、遊具にしか目の向かなかった子供の時には全く意識されなかった大木の何本かが、今ではその圧倒的な存在感を持って、かつての児童遊園地の小さな空間を際立たせている。

ぽっかりと開けた狭い空地でしかないこの場所が、今では、かつて自分が幼い時を過ごした貴重な想い出の空間となっているのである。

二〇一八年一一月二四日（土）記

寒中の迷い道

昨日の一月六日で、急性大動脈解離に見舞われてちょうど五ヵ月、今日七日の月曜でちょうど二二週が経過した。つまり、この病に突然襲われた昨年の八月六日は月曜日だったということである。キツい残暑の九月半ばに退院してから間もなく四ヵ月が過ぎるが、既に平成最後の新年も寒の入りとなった。

ウォーキングやロードバイクなど、ほぼ毎日、心臓リハビリに努めているが、もちろん元どおりの体に戻ったわけではない。時速六キロメートルくらいの早歩きで三〇～四〇分くらいを連続して歩くことはできるのだが、いまだに長い距離をジョギングで走ることはできていない。ロードバイクでも、暖かく風のない時にゆっくりと三時間近くかけて五〇キロメートル余りを走った日もあったが、以前のように平均心拍が120前後で一〇〇キロメートルを超えるようなロングライドは無理である。当然ながら、フルもがきでヒルクライムをして山の中をトレイルランニングするなどは、今もって夢の夢ということだ……。

頭の中の半分では「今そんなことをすれば命に関わる」と冷静に考えてはいるが、もう一方では「少しずつ試してもいいのではないか……？」と極めて安易に思っている自分もいる。実際、年末頃から不忍池ウォーキングの途中で、ごくわずかだが軽くジョギングをしている（距離二〇〇メートルほどで、心拍も110くらいまで）。しかし、かなりゆっくりのジョグ（一キロメートル八分余りのペース）にもかかわらず、すぐに息が上がり足も重たくなってくる。当然ペースを落として心拍も95以下に下げるのだが、こんなことは病気前にはなかったことである。

大動脈が下行部の先まで解離していることは事実だが、それ以外の心臓や肺の機能までもが非常に低下しているのだ……と改めて実感させられる。六〇歳を越えたという年齢的な体力の衰えもあるだろう。しかし、どこまでが加齢による心肺機能の低下で、どこからが病気によるものなのか、自分では判然としない。おそらくどれだけ優秀な専門医であっても、ここのところ（つまり生死の分岐点）を前もって言い当てることは不可能だと思われる。

今日の不忍池は少し北風が吹いていたが、空はきれいに晴れ上がり、昼下がりの長くなった木々の影が、路上にくっきりとしたコントラストを描いていた。年末近くまで枝先に残っていたイチョウの黄色い葉も今はほとんどなくなり、ヴォリューム感を失ったか細いシルエットになっている。ボート池を一周して弁天堂を回って一キロメートルほど歩いたところで、背中にフォローの風を受けつつ、また少しジョギングしてみた。

少しペースを上げると、すぐに心拍は三桁になる。数値を見ながら、息遣いを聞きながら、ごく軽く走るのだが、やはり池の角まで二〇〇メートル弱で歩くことになった。そのまま速足でハス池を回り、ボード・ウォークに進んで、枯れた一面のハスの先に弁天堂を見ながら歩く。Ｍａｘの心拍は１１２で、ペースを落とすとすぐに90台に下がる。そのままボート池をあと二周歩いた。

合計で三・五七キロメートル、三五分四九秒で、平均時速はちょうど時速六・〇キロメートル、平均心拍は95だった。いつものように区民館に寄って血圧を測ると、歩き終えて五、六分で１３４／62、心拍数76。その三分後に二回目を測ると１２５／63、心拍数75と、割と順調である。体のほうも別段これといって何か文句を言ってきているわけではない。

物事を軽く捉えて楽観視する自分は、「ほら、今日も大丈夫だったじゃないか」と言うのだが、少し臆病で神経質な自分は、「やっぱり無茶をするとリスクがある」と感じている。正直なところ、自分でもどちらが正しいのか全くわからないが、どちらの気持ちも自分の内心から出てきているものには違いない。「次はもう少しジョグの距離を伸ばそう」と思っている自分が心の中に潜んでいるのは確かだが、「まだまだ先は長いのだから、焦るな、焦るな……！」とはやる気持ちを抑える自分がいることもわかっている。

しかし、今これを書いていてフッと心をよぎった不安は、いつかどこかでこの精神のバランスが否応なく崩れてしまうのではないか……ということである。なんとも嫌な予感だが、こんな不安がどんどんと頭をもたげてくるようなことはないだろうか？　おそらくこんなふうに書いていられるうちは、まず大丈夫である。けれども、どこかで我慢できなくなる時がいつか来るかもしれない。そしてそれは、自分でそうだと自覚できなくなっている時である。

入院の初めの頃に書いて以来、この言葉を記すのは二回目になるが、「親父はガマンできなかった」のである。五二歳になる直前に突然、大動脈解離となり、五六歳と八ヵ月弱で足早にこの世を去った彼は、発症後の四年余りの人生の中で、「あれもやりたい、これもやりたい」と思う自分を御することができなかったのだろう。もしかするとそれは、親父自身の希望というよりは、「あれもしなくては、これもしなくては」という義務感のほうが勝っていたのかもしれない。

彼の遺伝子の半分を引き継いでいる自分の心と体は、果たしてこの先どのような行動をとるのか……？　相変わらず今もって、二一世紀の後半の世界をこの目でしかと見たい、というささやかな希望は持ってはいるのだが……。

小寒を過ぎた不忍池のほとりでは、ここ何年も白いカモメの群れが我が物顔で飛び回っている。かつて冬になるとヒョコヒョコとたくさん歩いていたマガモたちは、最近は数が少なくなっているような気がする。以前見かけたオシドリのつがいは、今日も見当たらなかった。弱いものから淘汰されるのは自然の摂理だが、弱いものほど愛おしいのも、人の心のありようである。

二〇一九年一月七日（月）記

ボート池で羽を休めるカモメたち
棒杭１本につき１羽ずつ仲良く並ぶ姿は平和そのもの

ハス池沿いのソメイヨシノの老木とスズメとオナガガモ
彼らも陽だまりの中で自分の時間を生きている

三〇年をともにして

ロードバイクに乗るようになってから、どのくらいの年月が過ぎたであろうか？

今、記憶している限りでは、本格的なドロップハンドルの自転車を手にしたのは、一九八六年春に母が亡くなり、やむなく日本に帰国してからあとのことだったと思う。もちろん、小学生の早いうちから自転車という二輪しかない不安定な乗り物を利用していたことは覚えているが、後ろにつけてある補助輪を外せるまでになるのに結構時間がかかったような気もする。

その後、小学校の高学年か中学に入る頃か、セミドロップのスポーツタイプの自転車に乗りだした。後輪の小さな荷台の下にフラッシャーが付いていて、チカチカ光るライトが横一列になっていた。当時、子供たちの間でかなり流行っていたタイプである。おそらく中学生の間はその自転車をそこそこ乗っていたのだろう。けれども、今のような〝愛着〟という感覚は全くなかったはずで、毎日乗るものでもなかった。

高校は電車通学となり、自転車とは縁がなかった。大学時代も教養の二年間は、自動車免許をすぐにとったこともあり、父が買った車に乗ってばかりいたし、専門課程に進むと課題で忙しくて自転車には全く乗らず、50ccの原付バイクを移動手段として使う程度であった。大学院時代も建築模型を運んだりするのに車利用が多かったし、ハーバードに行ってからは、車社会のアメリカでやっとの思いで手に入れたポンコツのマーキュリーに乗っていた。

要するに、まともなロードバイクに乗り始めたのは、一九八六年の帰国後に、相続などの後片付けが済んで生活が落ち着いてからである。その時から数えると、今日までに三二年余りが経過したことになる。

最初に手にしたロードバイクの思い出は、少々ほろ苦いものがある。オレンジメタリックのアルミの三角フレームで、本格的なドロップハンドルだった。ギアはフロントが二段あったが、リアは覚えていない。帰国後数ヵ月で湯島のマンションに新居を構えたこともあり、弟たちのいる坂本の実家への往復に、頻繁にこの自転車を利用していた。しかしある日の夕方、実家の外壁際に止めておいたこの自転車が、帰ろうと外に出たらなくなっていたのである。うちの前ということで、細い粗末なワイヤーロックだけで壁に立てかけておいたので、おそらく簡単に引きちぎられて盗まれたのだと思う。何とも言いようのない口惜しさとショックに相当落ち込んでしまった。さほど派手ではない、むしろ落ち着いた感じのオレンジメタリックのカラーリングは、結構気に入っていたのである。

当時はまだ両親を亡くしてさほど経ってはいなくて、自宅マンションと実家との間を行き来する必要があったため、自転車なしでは不便であった。また、勤務先の設計事務所では、若いスタッフの間でロードバイクが流行りだしていたこともあり、自分でももう少し本格的なロードバイクを欲しいと思っていた。そこで仕事の合間にあれこれ物色し始めたのだ。確か一九八八年のバブル景気真っ盛りの頃である。今でこそ自宅周辺の上野界隈には様々なサイクルショップがたくさんあって、選ぶのに目移りしてしまうが、三〇年前には自転車専門店は限られていて、在庫も特にスポーツタイプはさほど店頭には並んでいない状態だった。結局、カタログを見てスペックを確認して発注するという、今ではごく当たり前の方法で新しいロードバイクを手に入れたのである。

真っ白いクロモリ（クロムモリブデン鋼）の三角フレームで、パーツはブレーキキャリパーからレバー、前後のディレーラーまで、すべて「シマノ１０５」でそろえている。フロントは二段、リアは六段で、価格は確か一〇万円を多少超えていたと思う。しかし三〇年も前のシマノは、シフトレバーとブレーキレバーとは一体化されておらず、ダウンチュー

30年来の愛車。不忍池をバックに

ブの両側に小さくシフトレバーが付けられていた。当然シフトチェンジのたびに片手をハンドルから放さなくてはならず、それなりの運転技術が必要とされた。シートステーは直径七ミリほどの細さで、その端部の加工は斜めに鋭くカットされていて、各部の溶接もとてもきれいで、グロッシーホワイトの白さが目に鮮やかだった。

この一台が、今現在でも毎日乗っている、まさに自分の足となったクロモリロードバイクである。自分にとってはこれまでの人生の半分余り、三〇年以上をこの白いバイクとともに過ごしてきたことになるのだ。

三〇年と一口に言っても、このバイクに関しては実に様々なことがあった。当然だが、タイヤやチューブは何回交換したかわからない。パンクも数え切れないほどあった。それだけではない。小さなちょっとしたアクシデントから、救急車で搬送されるといった交通事故にもあった。年がいってからは、目が見えにくいことによる自爆事故も多くなった。けれども、それらの大小様々なアクシデントのたびに、自分自身はもちろん、この白いバイクもあちこちのパーツを取り換えながら走り続けてきたのである。

大きな事故でゆがんだホイールを全部交換したこともあれば、スポークだけ新しくしたこともある。上野公園の国立科学博物館前では、地面と同じ色でよく見えなかった車止めの低い御影石の塊にひっかけて、年季の入った105のリアディレーラーがポッキリ折れてしまった。泣く泣く交換したら（全く同じパーツは既に製造中止になっていた）、風の強い日に地べたを舞っていたレジ袋をチェーンに巻き込んで、踏み込んだとたんにまた折れた。トレイルランニングに出た帰路のロードで、古いスポークが一本外れてチェーンを巻き込んで走れなくなったこともあった。

白く輝いていたフレームは長い間の酷使に耐えつつも、数知れぬ転倒や衝突のたびに塗装が剥げ落ち、いたるところ擦り傷や錆が目に付くようになってきた。ブレーキワイヤーが耐用年数を過ぎて、帰宅途中に切れ、リヤブレーキが全く効かなくなるという危ない目にもあっている。それでも、バーテープやタイヤの交換は自分でやったし、ワイヤーの修理も見よう見まねでやってみた。もちろんショップのメカニックに修理や調整をしてもらったこともたびたびだったが、三〇年以上経った今でも、この白いバイクは現役なのである。

この夏に急性大動脈解離で緊急手術を受けた直後は、歩くことはおろかベッドから立ち上がることもできず、鉛筆で何か書くという気力すら失せていた。けれども命を取りとめたという実感が生まれるにつれて、なんともワガママなことに、あれもこれもやりたいと思うようになったのである。実際、一ヵ月半の入院後、退院したその日にしたこととといえば、この白いバイクに乗って事務所までの一キロメートル弱を、おっかなびっくりなんとか往復したことだった。

要するに、今ではちょっとくたびれて見えるこの古いロードバイクは、自分にとってかけがえのない真の意味での愛車なのである。

二〇一八年一二月二日（日）記

彩湖まで、ようやく

一月の第二月曜、今年は一四日だったが、成人の日の祝日にあたり、三連休の最終日である。この日は風もなく、すっきりと晴れ渡った冬空の広がる穏やかな一日だった。急性大動脈解離に襲われた昨年の八月六日も月曜日で、このところ週初めにはカレンダーを思い浮かべて、病気発症後、何週目かを数える癖がついている。この月曜日で発症二三週目となり、今年の成人の日は緊急手術後一六一日目にあたる。既に五ヵ月と一〇日弱が経過して、入院当初に日大病院の９Ａ棟３号室で一人思い悩んでいたフィジカル面の回復は、主観的には割と進んでいるように思える。そこで、天候も体調も絶好のコンディションに誘われて、退院後初めてピナレロで彩湖を目指すことにした。

自宅に戻って四ヵ月余り、既に何回かリハビリを兼ねてロードバイクを走らせている。退院当日の午後には、自宅から事務所までの一キロメートル弱を往復。その後、週末などに少しずつ距離を延ばして、荒川にもたどり着けるまでに体力も戻ってきた。最初のうちは事務所から直近の扇大橋へ出て、そこから荒川右岸を下り、すぐ次の西新井橋で川をあとにして戻っていた。だが二ヵ月ほど日大病院のリハビリに通い、ウォーキングでも自信を付けてきた頃から、ロードバイクの距離も少しずつ延びてきている。扇大橋から右岸をさかのぼるようになったのはいつ頃だったであろうか？

確か一一月の半ばくらいに、川口の岩淵水門までをゆっくりと往復。産業遺産の旧岩淵水門の赤いゲートを見るには、もう一回土手の坂を上らなくてはならない。平地を流してライドしている時より明らかに負荷が増すが、ギアを落としてゆっくりペダルを回す。それでも心拍はすぐに１００を超える。病気前なら全くなんのこともない短い坂なのだが、傷んだ体は正直である。それでも土手に上がり、数分休みながら、かつて荒川と新河岸川との流れを分けていた赤い四つのゲートを眺めていると、なんとも言えず生きていることのありがたさが込み上げてきた。

こうして、ロードバイクに乗るたびに、コースを変え、距離を延ばしながら、どこまでできるかを自分の体と相談してきたのである。

成人の日の昼前、ウェアをサイクルパンツとサイクルジャージに着替えて、ピナレロにまたがる。岩淵水門へ向かい、さらにその先を戸田橋まで走った。ここで坂を上り戸田橋を左岸に渡れば、これまで何度となくライドした彩湖への最短ルートである。しかしそこへ行くためには、この戸田橋とその先の笹目橋であと二回坂を上らなくてはならない。岩淵水門までに既に二回上っている。昨年の晩秋に何回かロングライドした時には、これらの坂を避けて戸田橋の下をくぐり、そのまま右岸のサイクリングロードをまっすぐに朝霞水門まで進んだ。だがこの日は意を決して、戸田橋へと坂を上った。彩湖まで行けば当然、帰りも四回、往復で八回も坂を上ることになるのはよくわかっている。何せ過去数十年間に数え切れないほど走り慣れたルートである。油断は禁物だが、過大な負荷とならないように、ゆっくりとインロー（最も軽いギア比になる前後ギアの組み合わせ）でペダルを回した。

三連休最終日で好天にも恵まれたため、荒川沿いにはたくさんのサイクリストが走っていた。後ろから来るロードバイクにはどんどんと抜かれてしまう。以前はこんなに遅くはなかったはずだが、大動脈が裂けているのだから、こればかりは致し方ない。でも四人トレインがものすごいスピードでグイグイ疾走していくのを見送るのは、かなりうらやましかった。

それでも戸田橋から先の景色は、すべてこの病気後の心と体で初めて見るものである。

戸田競艇場脇の二キロメートルも続くサクラ並木の横を、再びロードバイクで走っている自分がいることに、かすかな喜びを感じていたことも事実である。

戸田競艇場の大きな建物を過ぎると、すぐに笹目橋にぶつかる。土手を下って橋下の狭くて暗いトンネルを抜けると、今日四回目の上り坂。ここは車止めのごついゲートもあり、路面もガタガタで嫌なところだが、ピナレロをゆっくり注意深く進ませ、心拍第一に坂を上る。

戸田競艇場横の桜並木。まだ開花前だった

ピナレロは今自分が持っている三台のロードバイクのうち最も新しいもので、解離発症のちょうど二年前、二〇一六年の夏に入手したものである。コンポーネントもシマノ・アルテグラでリア一一速、三台のうち一番グレードが高い。車体も一番軽くて、今の体力でロングライドするにはうってつけのバイクである。

坂を上りきると、彩湖をせき止めている水門が姿を現す。その先の左前方には、退院後に初めて見る人造湖の水面が広がっている。左岸土手上の狭い道を進み、もう一度急カーブの坂を下って外環道の吊り橋をくぐ

術後に初めてたどり着いた彩湖畔

ると公園入り口で、とうとう彩湖のほとりに出たのである。以前であれば一周五キロメートルの湖周回コースを走ってくるのだが、この日は大事をとってここで休憩、Uターンとした。それでも手術後五ヵ月余りをかけて、ようやくここまで帰ってくることができたのである。

手術直後のダルくてカッタるい体の時には気持ちばかりが先走りしていて、医学的知識も自分の体内部の客観的な状態も知らないままに、一日でも早く退院したいと思っていた。その一方で病室のベッドの上で、もしかするともう二度とロードバイクには乗れないのではないか……という不安も常にあった。けれども今、こうして再び昼下がりの陽光に照らされた彩湖の水面を見ていると、ほんの少しかもしれないが、急性大動脈解離という大病から抜け出したと思えてくるのだ。

二〇一九年一月一六日（水）記

置き去りのブルーシート

大寒の近づく不忍池の周りでは、サクラもイチョウもみんなその葉を落としてしまった。地上を舞う枯れ葉も、冷たい北風が吹くたびにどこかへと飛ばされてしまい、その数は日を追うにつれて減っていくようである。それにつれて、目に映る風景も急激に色を失い、灰褐色に塗り込められていく。冬晴れの陽光に恵まれた時はまだしも、空一面が低い雲に覆われている日には、水面の広がりも暗く閉ざされてしまったように感じられる。池を散策する人の数も減り、休日にはにぎわうボート乗り場も、桟橋につながれたままのスワンボートが人待ち顔で並んでいる。

昨日昼過ぎにいつものようにリハビリウォークで、ボート池とハス池の間の中道を歩き始めてすぐ、右手ハス池側の道端に、いくつかブルーシートで覆われた大きな荷物が点々と並んでいるのに出くわした。ここしばらくは、少なくとも九月半ばに退院してリハビリを始めて以降、全く見かけることのなかったものである。全部で六、七個ぐらいか、ほとんどどれもが台車に載せられ、ひとまとめにシートとロープでくるまれている。それらが二、三メートルおきに一列に整然と並んでいて、幅の狭い中道の手すりに寄せて、遠慮がちにではあるが放置されているのだ。持ち主らしき人は誰もいない。確か一昨日には一つもなかったものだ。曇天の下に点々と連なる大きな青い塊は、それらが何であるかを知ってはいても、やはり周辺の風景には溶け込むことのできない、かなり異質なものである。

これらの荷物は、上野公園周辺に暮らすホームレスのものなのだ。一塊の荷物が、彼ら一人一人のいわば全財産なのであろう。たいていが古い台車に載せられ、ひもやロープで固定されていて、押して移動することができる仕組みになっている。よく見ると大きさはまちまちで、段ボールなどできれいに整頓されているものもあれば、シートから中身がはみ出したり、無造作に縛り付けられているだけのものもあったりする。ブルーシートでまとめられた荷物のありようは、全体としては共通する印象を与えるのだが、一つ一つは割と個性的で、おそらく所有者の人柄をそのまま反映しているのだと思われる。

だが、なぜ今ここにこれらの荷物が突然現れたのであろうか？

私が今のような体になる以前は、仕事の合間を縫ってジョギングに出ることがたびたびあった。無縁坂の事務所を出て、その日の気分で坂上の鉄門から東大のキャンパスを抜けて千駄木や小石川方面に向かうこともあれば、無縁坂を下って不忍池から上野の山を駆け上がることもあった。上野公園中央の広い噴水広場から正面の国立博物館へと進んで、その周囲を左回りに走り、寛永寺から芸大へ抜けて再び上野公園の中央へ戻るのは、お決まりのジョギングコースの一つであった。

コース上の国立博物館東側には、交通量の少ない一方通行の直線的な道が鶯谷へ向けて延びている。博物館の敷地との境界はきれいに植栽が施され、敷地内の林と相まって、深みのあるグリーンベルトになっている。しかし博物館正面の通りと比べて、この道を歩く人はほとんどいない。その歩道上に、何年も前からズラッと荷物が並ぶことがたまにあった。壊れかけた段ボール箱に入れられたものが多く、薄汚い大きなカバンなどもいくつもあった。当時はそれぞれの所有を主張するかのように、荷物に囲まれて座り込んでいる人を何人か見かけた覚えがある。中にはこざっぱりとした身なりの人もいて、ガラケーを持っている人がいたのに相当驚いたこともあった。無人で放置されたものは、割と丁寧にブルーシートでくるまれていたように思う。その数は五〇余りもあっただろうか……。

今頃は、この国立博物館脇の道はどうなっているのか？　ジョギングでそこまでは行けないので、実際には見ていない。しかし昨日、不忍池で見かけた数個のブルーシートは、もしかするとこれらのうちのどれかであったかもしれない。もちろんこの間に数年以上の隔たりは存在する。その間に自分は大動脈解離を患い、フィジカルな能力はかなり衰えてしまった。一方で彼らホームレスの人々は、その時々の状況変化に柔軟に対応して、場所を変えつつ台車などで全財産を移動させながら生きてきたのであろう。まさに都市空間の隙間に生きる二一世紀のノマドである。

年末の冷え込んだある日、リハビリウォークで不忍池から山の上まで足を延ばした時に、都美術館の裏に回ってみた。ちょうどムンク展開催中で、美術館正面のサンクンガーデンへは大勢の人が向かっていたが、動物園、芸大と都美術館に挟まれた裏道にはほとんど誰もいなかった。ところがその先に二、三張りのテントが出ていて、その下で何か炊き出しの準備がされているのを見かけたのである。

そのまま進んで、都美術館の搬入ヤードの先の奏楽堂あたりの林に入ると、そこには数百人とも思われる

不忍池の中道に放置されたブルーシートの荷物

人々が無言で列をなしていた。全員が上野の森のホームレスだとは思えないし、おそらく炊き出しの情報を仲間からもらって集まった者も多いのであろう。しかし、ムンク展を鑑賞する人々と一〇〇メートルと離れていないところで、全く別の生き方をしているこれだけの人数の人が存在するのも事実である。

不忍池周辺や上野公園には、都市の自然を作る野生の動植物などに加えて、実に様々な人々が集まってくる。「人は見たいものしか見ない」とはいうものの、やはりそれ以外のものを見るためには、単なるうわべだけの観察力だけではなく、その背景まで見通す卓越した想像力が求められる。

二〇一九年一月一二日（土）記

奏楽堂前の森を出て順番に行列を作る人々

森へと続く行列

リハビリを目的にするしないにかかわらず、ウォーキングやジョギング、あるいは自転車でのロングライドなどの運動に集中している時に、頭の中は全く別のことを考えていることがよくある。一定のペースで交互に足を踏み出し腕を振る、あるいは円を描くようにペダルを回すなどの規則正しい動きは、スタートして安定してくると、ほとんど無意識に体のほうでやってくれる。この時、自分の頭の中はどうなっているのか？

病気後の心臓リハビリで歩くようになってからも、運動中に頭では勝手に様々なことを考えていることに変わりはない。一方でそこには大きな違いもある。それはスピードの違いから生じる、目に映るものの違いである。

ロードバイクでは、軽く流しても巡航速度は時速二五キロメートル前後になるし、ランニングでは大体時速八～一〇キロメートルだった。ところがこのスピードが、今現在のウォーキングになると、早くても時速六キロメートル程度である。当然、見えるものが変わってくる。同じ場所を通ったとしても、これらのスピードの差はそのまま、一点を見ていられる時間の差に直結する。きわめて当たり前のことなのだが、この差には非常に大きなものがある。

ランやバイクでは一瞬で過ぎ去ってしまう木々の葉の一枚一枚や、足元の草花、落ち葉の色などが、ウォーキングではははっきりそれと見て取れるのである。さらに、すれ違う人の姿形や表情なども、歩いている時にはかなりよくわかる。おそらくそれらの視覚情報の違いが、ウォーキング中にふと頭に浮かぶ中身の違いにつながっているのだろう。

一月一九日の土曜日、日中割と暖かく風もなくて、リハビリウォーキングはすこぶる快適だった。週末でいつもより少しスタート時間が遅くなったが、昼下がりの上野公園にはかなりの人出があり、みんなこの冬うららを楽しんでいる様子だった。そんな中、不忍池を歩きだして一周目にはわからなかったのだが、二周目に入った時に、しばらく前からあったブルーシートの荷物がほとんどなくなっていることに気がついた。一昨日に歩いた時には七、八個もあった荷物が、たった一つだけになっていて、他はみな消え失せていたのである。

一体あれだけの大荷物は一晩でどこへ行ったのだろうか？　そう思いながら歩いている

と、ボート乗り場の先で大きな台車を押してくる老人とすれ違った。半世紀余り昔、私が幼い頃によく耳にした「バタヤ」という語感がそのまま当てはまるような雰囲気の人で、全体として薄汚れたホームレスっぽい人だった。おそらく彼があの最後のブルーシートの荷物の持ち主なのであろう。空の台車に荷物を載せてどこかへ引き揚げるのだと思う。

そのまま弁天堂を回ってハス池東側を二〇〇メートルほど軽くジョギング、スピードを落として上野公園入り口からメインルートを歩いて上り、まっすぐ桜並木の中央を進んだ。見上げると、枝先にはもう小さな花芽が紅く顔をのぞかせている。まだ大寒前だというのに自然は正直である。

土曜日の昼下がりで、中央広場は動物園に向かう親子連れやムンク展へ行くカップル、ストリートライブに群がる人々などで賑わっていた。人混みを避けて都美術館と動物園の間の裏道へ抜けると、角を曲がった先で、年末に見たようなテントの炊き出しがもう始まっていた。大勢の人が一列に並んでテントに向かい、そこで何か食事をもらっているようである。一人ずつレジ袋のようなものを持っていて、そこに配られたものを入れて、テントを出るとバラバラに去っていく。テントに向かうきちんと並んだ列は、その先にずっと長く伸びていて、奏楽堂の前の森の中にまで続いていた。ボランティアと思われる係の人も何人か要所に立っていて、待っている人たちを順番に列に誘導していた。

あまりじっと注視するわけにもいかないので、早歩きでどんどんとすれ違っていったが、列に並ぶほとんどの人がマスクや帽子で顔を覆っていて、個々の表情は読み取れなかった。髪もひげも伸び放題で、かなり薄汚い身なりの人も何人かは混ざっていたが、ほとんどの人は少々着古してはいても、セーターやフリースの上にジャンパーやダウンのような上着を羽織っていて、割と普通の身なりのように見えた。たぶん女性はいなかったと思う。

列の最後尾は奏楽堂の先の林の中にまで続いていた。そこでも係の人たちが、整列して待っている人々を、行列の動きにつれて送り出していた。この人数をすべて合わせると、優に二〇〇人以上はいたであろう。林の中には木々に隠れるようにして、彼らが集まった時に使用された簡易椅子がたくさん整然と置かれたままになっている。

この炊き出しに集まる人々すべてがホームレスなのだろうか？　高齢な人も大勢いたが、三十代、四十代の働き盛りと思われる人もたくさん見かけた。中にはケータイやスマホを持っている人もかなりいたように思う。しかし、それを使って通話している人はいなかったし、ほ

都美術館裏の炊き出しのテントに向かう人々

ぼ全員が無表情だった。列の前後で会話を交わしているような人も見かけない。二〇〇人以上もの人々が無言で、ただゆっくりと、配食しているテントへ進んでいるのだ。

振り返るわけにもいかずそのまま歩き続けて、国立博物館前の噴水広場を横切り、科学博物館の方へと進んだ時に、私の頭にいきなり浮かび上がったものは、「年越し派遣村」の一場面だった。ちょうど一〇年前、二〇〇八年秋のリーマンショックによる世界的な経済不況時に、年末から正月にかけて厚生労働省の目の前、日比谷公園で催された民間NGOによる一大福祉イベントだ。当時五〇歳だった私は、その日比谷の現場を直接見たわけではなく、テレビニュースや新聞などのメディアを通して様子を知る程度であった。

一〇年前のニュース映像を思い出してみると、旨そうに熱い汁をすすり明るい表情を浮かべている人が多かったような気がする。派遣切りに直面して年を越せずにいるような人々が、なけなしの電車賃を使って日比谷に来て窮地を脱する……というような報道のされ方だったと思う。当然、テレビ画面で絵になるシーンだけが映し出されたはずで、その裏には本当に食うや食わずで困っている人も多かったであろう。しかしこの時には、笑顔をカメラに向ける困窮者もかなりいたことは確かである。

今現在、同じような炊き出しが日比谷で行われているかどうかは、知らない。もともとは単発の大規模イベントであり、主催者のNGO幹部が言っていたように、この催しの最大の成果は、それまでは一般に全く見えていなかったごく普通の人々の貧困状態を社会全体に可視化したことにあったのだ。その意味では「年越し派遣村」は大きな成功を収めたといえる。

しかし、職を失った個々の人々のレベルではどうなのであろうか？　もしかすると、一〇年前の年末に日比谷公園で食事をふるまわれた同じ人が、今日の上野公園の行列に並んでいなかったとは言い切れないだろう。もちろんこれは私の勝手な想像である。だが、私が直接目にした上野の行列の中には、笑顔らしきものは全くなかったのだ。おそらく、時間を隔てたこの両者の違いは、私が思う以上にとてつもなく大きなものなのかもしれない。

かつて日比谷で笑顔を浮かべていた人は、少なくともその人なりの将来への小さな希望を見出すことができたのだろう。「年越し派遣村」では食事だけではなく、屋根のある寝床や仕事の斡旋、様々な福祉サービスの行政手続きの援助（特に生活保護申請など）を広く提供していたという。それが個人レベルでの希望につながり、笑顔となって表に出たということは想像に難くない。一方で上野のホームレスの人々はどうであろうか？

この数ヵ月、リハビリで何回も歩いた経験から気づいたのだが、上野公園での配食サービスは定期的に行われているようである。たぶん土曜日の昼前、あまり観光客の来ない公園外れの林の中に、これらの人々は集まってくる。ある時、そこで椅子に座った大勢の人々が、何か聖歌のようなものを歌っている場面に出くわし、驚いたことがあった。またある時は、林の中で小学校の朝礼のように整列していることもあった。そして今回はそれらの人々が列をなして、都美術館のサービスヤードへ続く裏道へと歩いていたのである。たぶんこれらはみな、土曜日だったのだろう。私がリハビリに出る平日は、ほとんど不忍池の周りだけで、山の上に登るのはたいてい土日や祝日である。日曜祝日は家族連れや観光客が幅を利かせる。普段は人のいない林の中も、散策したりフリスビーやボール遊びをしたりする人たちが多くなる。その間をとった土曜日が、関係者全員にとって最も都合がいいのであろう。当然、福祉サービスの主催者は、公園管理事務所から許可を得ているだろうし、頻繁になされるのであれば、曜日や時間が決まっているほうが自然である。

けれども、毎週定期的に行われるということ自体が、そこに集まる人々の無表情な笑顔のない姿につながっているように思う。

「日常性の罠」ではないが、決まったスケジュールの下で習慣化された行動は、それに慣れてしまうと、ほとんどそこから抜け出せなくなるという。毎週土曜日の昼時に、上野公園で並べば温かい食事にありつける……。そのこと自体は決して悪いことではない。特に今のような厳冬期には、彼らにとってはありがたいことだろう。しかしそこには、ほんの些細な将来への希望を抱かせるものは何もないのだ。来週も来ればまた一食分が満たされる、おそらくその繰り返しがあるだけで、いつか近い将来、この長い行列から抜け出せる手立てが提供されるわけではない。そして、そのことを並んでいる本人たちがよく知っているからこそ、ほぼ全員が笑顔もなく無表情な仮面をかぶっているのかもしれない。

そんな思いを浮かべつつも、振り返ることもできないままに森を抜けて、国立博物館正面の噴水広場へと出た。急に明るさが増し、大勢の人であふれている。科学博物館前から右へ折れて西洋美術館へと進むにつれて、ますますたくさんの人々がやってくる。みんなまぶしいくらいの笑顔である。明るい声である。日本語以外の言葉も聞こえる。ストリートパフォーマーの掛け声や観客の拍手、歓声、音楽……、そのどれもがみな、上野周辺のホームレスの人々とは無縁のものなのだ。上野公園という大きな現実空間の中に〝ハレとケ〟という全く異なる世界が歴然と存在していることを、今日も目の当たりにさせられた。

炊き出しのテントを通り抜けた人々は、それぞれ散っていったその先で繰り広げられている公園内の喧騒を、果たしてどのような思いで見ているのであろうか？

二〇一九年一月二〇日（木）記

ハスのゆくえ

一月も過ぎ、急性大動脈解離発症後、間もなく半年を迎える。闘病生活にも慣れて、ほぼ毎日のようにリハビリウォーキングに出かけている。体調が安定してくるにつれて、時間もコースも固定されてきてはいるのだが、社会一般のもろもろの雑用も増えてきて、毎日全く同じ時間にリハビリをスタートできるわけではない。その点では、どうしてイマニュエル・カントがいつでも同じ時刻に散歩に出ることができたのか、本当に不思議である。彼にはごく普通の対外的な社会生活というものがなかったのか？　あるいはそこまで厳格に自らを律することができていたのか？　だとしたら、それは何によるのか……？

そんなことを考えながら、その日も不忍池の周りを歩き始めた。時間厳守の哲学者とは異なり、いつもより早めに自宅を出たので、昼休みの時間帯までにはまだ少しあり、池の周囲にさほどの人出はなかった。イチョウやサクラ、ヤナギなどの落葉樹では、すべての葉を失った細い枝が少し寂しげに風に揺れている。カモやカモメも寒そうに風をよけながら、陽だまりの中で動かない。そんな中、ハス池で忙しなく動いている人を見かけた。腰まで覆うタイツのようなゴム長靴を履いて、池からハスの枯れ枝を掻き取っている。平らないかだ状の浮舟のようなものの上に、水面から取った枯れ枝を積み上げて回収作業をしている人であった。そういえば数日前から、一面褐色に枯れたハスで覆われていた池が少しずつ水面を現して、岸には大量のハスの枯れ枝が積み上げられるようになっていたのである。

暮れの不忍池でいかだに乗って枯れ枝を回収する作業員

厳冬期の水中での仕事はかなりの厳しさを伴うであろう

水面上に浮かぶハスの花殻

歩きながらよく見ると、群生したハスの中にちょうどいかだが通れるくらいの幅で水路が切られていて、何人かの作業員が水面から直立するハスの茎を払ったり、大きなフォーク状の道具で枯れ枝をいかだにすくい上げたりしていた。茎の先には大きなハスの花殻が下向きに垂れ下がっているものもあった。それらは、お椀をひっくり返したようなレンコン状のもので、おそらく中には種が詰まっているのだろう。そのまま水中に落ちるものもあれば、いかだに回収されて岸へと運ばれていくものもある。

弁天堂を回ってペースを上げながら、集めたハスの枯れ枝は一体どこへ行くのだろう……と思った時である。突然、頭の中に星野道夫の『旅をする木』（文藝春秋）が浮かび上がってきた。

アラスカをはじめとする極北の自然を数多くの作品に残した写真家星野道夫は、一方でまた、人々の心に染み入る洗練された文章を綴る人でもあった。その星野が書いたエッセイ『旅をする木』が、今見ている不忍池の光景から連想されたのである。

私がこの本を読んだのは、もう十数年余りも前である。あるいはもっと前かもしれない。そのためかほとんど内容を覚えていないのだが、アラスカの原生林のトウヒが厳しい風雪の中で朽ち果てて、氷河の中に閉じ込められ、氷の流れとともにゆっくりと運ばれて、長い時間経過のあとに別の場所で再び芽を吹くという樹木の一生を〝旅をする木〟と呼んでいたような気がする。
今になって突然、星野のこの話が頭に浮かんだのは、回収されたハスの枯れ枝や茎先の花殻などが、このあとどこへ行くのかちょっと気になったからである。夏に淡いピンク色の大きな花をたくさんつけていたハスは、冬にはすべて茶褐色に枯れて、北風で倒されて水面に落ちていく。次の夏にはまたここで花を開くのだが、それ以外のものはどこかで花を付けることはあるのだろうか？　アラスカのトウヒでそれを考えていた星野とは全然環境は異なるのだが、都心の不忍池で咲き誇ったハスは、厳冬の下で人の手で集められてから次にどうなるのだろうか……。歩きながら頭の中では小さな疑問が膨らんでいく。

一ヵ月半余りの入院中には、子規や漱石、あるいはマキアヴェリなどに思いをはせることがたびたびあった。たぶんそれは、その時の自分の境遇（閉鎖空間に孤独でいること）と同じような状況に、彼らもまた囚われていたことがあったということからであろう。根岸の子規やロンドン時代の漱石、そして職を追われたマキアヴェリの真夜中の孤独などである。しかし、病床で星野道夫を思い出すことは一度もなかった。彼のように、誰もいない大自然の真っ只中にたった一人で（カメラを構えて）我が身を置くことなど、もう自分には不可能だと、無意識のうちにあきらめていたからかもしれない。しかし緊急手術で一命を取りとめ、退院後にこうしてリハビリで外に出て歩くことを繰り返すうちに、少しずつ外界の小さな変化に気持ちが向くようになってきたことも確かである。

もちろん、健康な体さえあれば、カメラを持ってあちこち出歩きたいのはやまやまだ。中学生の頃から一眼レフを抱えて、当時ほぼ消え失せようとしていた国鉄時代の蒸気機関車を追って、各地を旅していた自分である。そんな放浪癖は大学で建築を学ぶ中で一層強まり、建物や街、そしてそこに暮らす人々などを追いかけるようになった。

数日後、天気のいい午後にコンデジ（コンパクトデジタルカメラ）を持って不忍池に行った。この日もハス池の中では、作業員たちが枯れ枝を集めていた。彼らの動きにつれて少しずつ水面が広がっていく。数日経つと水面は次第に広がり、岸辺にはますます大量のハスの枯れ枝が積み上げられてきた。病気を抱えて生きるという自分の限定された生活空間の中でも、もしかすると星野道夫が過ごしたアラスカの広大さと比肩しうる豊かな自然の営みがあるのではないか……。そう気がつくことができただけでも、少し幸せな気分になれるのである。

二〇一九年二月一日（金）記

ロストフと調布の間に

立春が過ぎて、ここ最近では珍しく朝から本降りの雨である。昼過ぎになってもやむ気配はなく、今日のリハビリウォーキングはあきらめざるを得ない。病気になる前には、雨の時は近くのスポーツジムに行き、ステップ昇降マシンを二〇分、筋トレマシンでそれぞれ二、三セットをこなしていたのだが、今の体では無理はできない。

なすこともなく時間を持て余して、前の日記をパラパラと読み返していた時のことである。自分の書いたある記述と、たまたまつけていたテレビから漏れ聞こえたニュースの中身が、なぜか頭の中で交錯して、とても答を出せそうにない疑問が湧き上がってきた。自分の手には負えないことを承知の上で大上段から言えば、それは「日本人の精神性について」ということである。

二ヵ月近く前の昨年一二月八日の日記に、その夜九時から見たNHKスペシャル「ロストフの14秒　日本vs.ベルギー　知られざる物語」について記載している。七月のサッカーワールドカップ決勝トーナメント一回戦で初のベスト8を懸けた日本がベルギーと対戦し、2対2で延長突入かと思われた後半アディショナルタイム、日本のコーナーキックからのカウンターで鮮やかな逆転ゴールを決められた最後の14秒である。サッカーフリークの一人として、初夏の真夜中、ライブでそのシーンを見せつけられた自分も一瞬声が出なかった。

番組は二八台のカメラ映像と両チームの選手へのインタビューで構成されていて、試合後のロッカールームで西野朗監督が選手に語ったという名台詞、「ピッチに倒れ込んで背中に感じた芝生の感触を忘れるな！　倒れて見上げたロストフの空を忘れるな！」も扱われていた。後半二五分頃までは2―0で日本がベルギーを圧倒していて、私も「このまま勝って初のベスト8だ！」と思った多くの日本人サポーターの一人だった。だからこそ、この逆転負けのショックは大きく、それゆえに終了直後のピッチサイドインタビューで、「何が足りないんでしょうかね……？」と茫然としていた西野監督の姿のほうが、より強く印象に残っている。

しかし、この日の日記の最後に私が書いていたのは、元日本代表監督イビチャ・オシムの言葉である。番組では世界中の著名なサッカー関係者（ジーコなど）にも、この14秒についてインタビューしていたが、その中でオシムは、「仮にファウルをすれば止められたかもしれないが」と言いつつ、重ねて「それをしないのが日本人の精神であるし、それが日本文化を支えているものなのだ」ということを語っていたのだ。おそらくオシムは、たとえ監督がそれを要求したとしても、日本人選手には受け入れられなかっただろうということを、自身が日本代表を率いた経験から明確に理解していたのだと思う。「ヤバイ」と気づいた瞬間でも正々堂々として決して反則はしない、というのが日本人なのだということなのだろうか？

かつてマラドーナに五人抜きの汚名を着せられたのは、当時のイングランド代表だった。この場面でも五人のうちの誰かがファウルをすれば、あの伝説的で華麗なゴールシーンは生まれなかったことになる。片やマラドーナは同じ試合（一九八六年W杯準々決勝）で、この四分前には「神の手」と呼ばれたハンドによるゴールで先制点を挙げている。今ならVAR（ビデオ・アシスタント・レフェリー）で当然ゴールは取り消されるはずで、決定的場面で審判を欺く行為として警告を食らったかもしれない。このあたり、サッカーの母国を任ずるイングランドと、サッカーだけが成り上がりの唯一の手段というアルゼンチンとの違いなのかもしれない。オシムが「ロストフの14秒」で感じた日本人の精神性には、ある部分、多少なりともイングランドのそれに通じるものがあるのだろうか？

ところが、これとは全く正反対の事例も、同じ日本人が起こしているのである。たまたま耳にしたテレビニュースが伝えたのは、ある反則行為で傷害罪に問われた監督とコーチを、検察が不起訴にしたということである。反則タックルで相手に重傷を負わせた選手本人は、既に示談が成立しているとして、これも起訴猶予になるらしい。二〇一八年五月六日、調布で行われたアメリカンフットボール日本大学対関西学院の定期戦でのことである。

事件発生以来、この件については、当事者へのインタビューや記者会見での発言などが、あらゆるメディアを通じて報道された。中でも反則タックルを犯した選手本人が、会見で「監督、コーチの指示だった」と明かした時には大きな反響を呼んで、日大アメフト部だけの問題ではなく、日本のスポーツ界全体に様々な影響が波及していった。確か同じような時期に前後して、他にも指導者と選手との関係について、いくつもの問題が明るみになった。女子レスリングの四連覇オリンピアンしかり、まだあどけなさの残る女子体操選手しかりである。

日大アメフト部に関していえば、監督もコーチも「直接反則を指示したことはない」と主張している。そして検察が不起訴にしたということは、刑事責任を問えるだけの証拠は得られなかったということで、そのこと自体が彼らの主張を認めたことになってしまう恐れがある。以後、公的な立場でアメリカンフットボールには関われないなど、既に社会的制裁を受けているとはいえ、監督・コーチと選手との間で何があったのか、司法の場でその真相が問われることはなくなってしまった。

しかしここでの疑問は、仮に指示がなかったのならば、どうしてあのような反則行為が犯されたのかということである。

アメリカンフットボールという競技については、私はさして詳しいわけではない。ただ若い頃にボストン近郊で暮らしていた時には、大リーグよりはNFL（ナショナル・フットボール・リーグ）の試合を割とよく観ていた覚えがあり、その経験から、おおよそのルールや試合の流れなどを知っているという程度である。しかし、そんな少ない自分の知識をもってしても、問題の場面でのあの反則は、勝負を左右するようなシーンとは全く関係がなかったことはすぐにわかる。ボールに絡むプレイはフィールドの全然別のエリアでなされていて、タックルを受けた選手は、プレイとは無関係な場所で完全に無防備な体勢だった。そんな相手に対して、反則タックルを仕掛ける必要は全くないのである。ベスト８の懸かった「ロストフの14秒」とはまるっきり異なる状況なのだ。それにもかかわらず反則が犯された裏には、何らかの理由があったはずである。

ファウルをすれば防げたかもしれない逆転ゴールシーンと、勝負の行方とは無関係に犯された反則。どちらも日本人の姿には違いない。もしかするとオシムの言葉は日本人を買いかぶり過ぎているのかもしれない。ロストフのあのシーンで、仮に監督から「万が一の時にはファウルで止めろ！」と指示が出ていたとしても、技術力や判断力はベルギーの選手のほうが上回っていて、ファウルしたくてもできなかったというのが正直なところかもしれない。つまり、オシムの言う日本人の精神性云々以前のことであるかもしれないのだ。逆に、日大のアメフト選手の場合のほうが、はるかに「日本人の精神性」なるものが深く絡んでいると思われる。おそらく本人自身も全く不要だとわかっているファウルを、やむにやまれず犯さざるを得ないところに追い込んでいるものがそれである。

これまでの長い歴史の中で、内外を問わずそれこそ無数の識者が「日本人の精神性」という問題について考察してきた。さらにより広く見れば、それは、全く無名の市井の日本人誰もが、現代社会の日々の暮らしの中で直に感じていることなのである。「人に見られて恥ずかしいことはするな」から「長い物には巻かれろ」まで、挙げればきりがないほどの処世訓や生き方の指南があり、中には全く逆のことを言っているものも多い。少し振り返っただけでも、島国の農村共同体という閉鎖社会と大陸国家の遊牧民とを比較したものから、同調圧力の見え隠れする世間という空間と、一人一人が主体となる個人主義に基づいた社会との対比など、いくつもの論説が思い出される。それらの中でも、日本社会に特有の集団主義から醸し出される目に見えない強制作用を「空気」と呼んだ山本七平の著書『「空気」の研究』(文藝春秋)は、あまりにも有名である。

最近は耳にすることも少なくなったが、しばらく前までは若者を中心に「空気読めよ!」とか「KY(空気の読めないヤツ)」などの言葉が、社会に猖獗《しょうけつ》していたのである。それらを口にしていた多くの日本人のうち、果たしてどれだけの人が山本の著作を読んでいるだろうか? たとえ読まないまでも、どれだけの人が自分の口にした「空気」という言葉に、計り知れない深淵なる恐ろしさが潜んでいるのかを考えたことがあるだろうか?

サッカーにせよアメリカンフットボールにせよ、集団競技としてのチームスポーツには、その成り立ちに人類誕生からの共同体の生成過程が如実に反映されているという。中でも別の部族や他の共同体との生き残りを懸けた争いが、これらのスポーツの原点を成しているらしい。長い歴史の中では、生存競争によって消滅した集団もあれば、両者ともに生き残るために共生の工夫を編み出した集団もあろう。それらの限りない積み重ねが、法や規則という概念を生み、ひいてはスポーツのルールとなったのである。その長い変遷過程のごく最近、たかだか数千年という時間の中で「日本人の精神性」なるものも少しずつ形成されてきたのだと思う。それをより詳細に考えるにあたっては、誰もが言うように、「島国」という地政学的条件や「温暖な気候」といった自然条件などは外せないだろう。けれどもこの先については、やはり私の手には余る問題である。

しかし、先の二つの事例から思い知らされる厳然たる事実は、チームスポーツというルールのみによって構成された世界において、参加者（選手、監督やコーチ、さらには観衆やサポーター）が意図的にルールを犯すのも犯さないのも、この場合、同じ日本人であるということなのだ。そしてそのいずれもが、曖昧なままの「日本人の精神性」として、自分の中にも存在しているはずである。

だからこそ、茫然自失の西野監督の問い（明らかに自身への問いかけであったと思えるのだが）である、「何が足りないんでしょうかね……？」という一言は、静かに、だがとてつもなく重たくなって、今の私にも跳ね返ってくるのである。

二〇一九年二月六日（水）記

韓流スター（？）に出会う

春節という陰暦の旧正月が過ぎて、不忍池周辺の中国人観光客もかなり減ってきた。彼らにとって相変わらず日本は人気のある観光地のようで、一週間ほどの休みに東京や京都、大阪などを回るらしい。その際に上野、浅草にも立ち寄るらしく、寒い時期にもかかわらず、最盛期には大勢の中国系と思われる人々が、グループや団体で不忍池にもやってくる。大きなキャリーバッグやスーツケースを引きずりながらの人もいれば、自撮り棒を伸ばしている人もいた。ほとんどがスマホを手にして写真を撮り合っていて、耳慣れない中国語がいたるところで飛び交っていた。ボート池一面を埋め尽くすスワンボートから聞こえてくる声も、ほとんどが中国語だったような気がする。

ある日のウォーキング中には、すぐ後ろで「ママー！」と泣きそうな声がしたので振り返ってみると、次に続いたのは中国語だった。幼い子供は、万国共通どこでも母親のことを「ママ」と呼ぶのだと知って、ほほえましく思った。

そんな喧噪も過ぎ去り、少し静けさを取り戻した不忍池で今日出会ったのは、一人の若い韓国の男性であった。速足で歩いていると片言で急に呼び止められて、スマホの画面を目の前に出してくる。細かい字で表示されているのだが、残念ながら私の視力では全く読み取れない……。今思い返すと、たぶんあれが流行りの「通訳アプリ」なのだろう。それだけで日本在住ではない旅行者だとわかるし、一人旅するほどの社会的環境にあるのは、東アジアでは日本と韓国ぐらいのものだと思う。私とほぼ同じ背丈の彼は、全身黒っぽい服装でスラリとしていて、ちょっとカッコいい日本の若手俳優にも見えた。しかし頼みのアプリが通用しなくて、少々不安気でもあった。

たぶん道案内だろうと思い、英語で「どこへ行きたいの？」と聞くと、おもむろに彼はスマホの画面を切り替えて、自分自身に向けて何かボタンのところを指さした。少し英語は通じるようで、不忍池をバックに

ウォーキング中に突然呼び止められた不忍池の中道

自分の写真を撮ってほしいとのことである。「お安い御用」とスマホを受け取り、お望みの背景に合わせて構えると、驚いたことに彼は急に真横を向いたのである。ちょっとビックリして彼の正面に回ろうとしたら、それに合わせて、彼はまた体ごと横を向いてしまう。おいおい、なんなんだ？　と思っていると、彼が寄ってきて、自分の左頬をこちらに向けてくる。要するに、完全な横顔を写してほしいらしい。

　ようやく彼の要望を理解して、再度スマホを構える。彼はまた真横を向いて表情をつくる。ところが今度は全然シャッターが切れない。手袋をしたままだったのでタッチが上手く反応しないのか……と思い、右手だけ手袋を外していると、もう一度彼が近寄ってきて、スマホをいじりながら「Just touch me!」と言う。彼の手ぶりでわかったことは、まず画面に映る彼の顔にタッチして、それからシャッターを押すらしい。つまり、画面上でメインになる被写体を指で設定すると、おそらくスマホがそれに

広くなった水面にはユリカモメが羽を休めていた

自動的にピントを合わせて、それで撮影可能になるのである。慣れてしまえば（初めからわかっていれば）なんてことのない簡単な操作なのだが、スマホはおろかガラケーすら持たない私にとっては、全く未知の世界である。

なんとか二、三枚ほど撮ったが、少々心もとないので、上手く撮れているかチェックするように言うと、彼は自分で画面を見てから「Thank you!」と言った。「Sure. Good day!」と返して別れたのだが、この間およそ三、四分か、なんとも不思議な出会いであった。

ここ最近の日韓関係は、政治的にはこれまでにないほど最悪の状態にあるという。従軍慰安婦や徴用工などの歴史認識に関わる問題や、それに絡んで日本が出資した基金の扱い、さらに海上自衛隊機へのレーザー照射や竹島の領有権など、日本と韓国との間で実に様々な問題が複雑に絡み合ったまま、互いに身動きが取れなくなっている。

今日会った韓国の若者（別に国籍を尋ねたわけではないが、その素振りから、今では絶対にそうだと確信している）は、これら両国の懸案についてはどう思っているのだろう？政治上の可燃物があちこちで燃えさかる今現在の相手国に来て、独り、都心の不忍池のほとりでスタイリッシュにポーズを決める彼の心境がどのようなものであるのか……、少々関心が湧いたのである。

私が建築設計を教えている学生たちも、おそらくこの彼と同じような世代である。みなそれぞれ異なる背景を持ちながらも、課題のエスキース（習作。建築を設計していく過程でアイディアを描くスケッチやラフな図面などのこと）に取り組む様子は屈託のない明るさではじけている。果たして、これらの学生のうち何人が一人で海外へ出向いて、現地の見知らぬ初対面の人に、特異なアングルで自分の写真を撮ってくれるように依頼するであろうか？　日本の若者も、有名観光地でカメラに笑顔を向けてピースサインを出すくらいのことはするだろう。ただし、おそらくそれは仲間とグループで出かけた時であり、異国へたった一人で旅に行くような若者は、今の日本ではかなり限られているように思う。

普通の記念写真を頼まれただけなら、ここまでの強い印象を残すことはなかったであろう。冬枯れの不忍池で横顔のポートレートを望んだ韓国の若者の真意は、今もって捉え難いものを私の心に残しているのである。国柄の違いか、文化の違いか、あるいは世代の違いなのか……？

そう思いつつも一方では、ただ、彼がこの写真とともに日本でのいい思い出を、母国に持ち帰ってくれればいいのだとも考えていたのである。

二〇一九年二月一四日（木）記

アコーディオンの音色

朝寝をした週末の土曜、その分だけいつものリハビリ開始が遅くなった。正午を少し回った不忍池周辺には、冬の穏やかな日差しに誘われて、すでに大勢の人が訪れていた。水面にはたくさんのスワンボートも漕ぎ出していて、あちらこちらから歓声が上がっている。それらを聞きながらストレッチを繰り返し、体が温まったところでウォーキングスタートである。ピッチを上げてボート池を一回りしてから、弁天堂を抜けてハス池の東を少しジョグ。広小路の雑踏はゆっくりと歩いて、上野の山へ登る公園正面の桜並木入り口に近づいた時である。中央の枝垂れ桜の向こうから、この場の賑わいにはちょっとそぐわないメロディが聞こえてきた。

プカプカ鳴っているその旋律は明らかにアコーディオンからのもので、少なくとも私から上の世代であれば、すぐにそれと解する曲であった。聞こえてきたのは「同期の桜」である。

敗戦の夏から一三年経った一九五八年生まれの私も、幼い頃の微かな記憶として、上野公園入り口の広小路広場のあちらこちらに、傷痍軍人の姿があったことを覚えている。ほとんどみんな白装束で、中には義手義足の人も多く見られた。それらの装具は、現在目にする精巧なものからは想像もできない素朴な作りで、言ってみればかなり粗末なものであった。今では漫画でしか目にすることのない、海賊の船長がつけている〝かぎ型の義手〟が、実際に使われていたのである。彼らは一様に少しずつ離れて、樹木を背に地面に座り込み、その前に空き缶を置いたり小さな布の切れ端を広げたりしていた。彼らのことをジッと見つめてはいけない……と、幼い自分は感じていたような気がする。しかしこの時、否応なく耳に入ってきたのが「同期の桜」だったのである。

自分がこのメロディを軍歌と理解したのが何歳の時だったかは、全く思い出せない。けれども、少し音の外れた小さな古くさいアコーディオンから聞こえてくる、ちょっともの悲しげな旋律と、体の不自由な白い衣装の男たちとが、公園入り口の少し傾斜のある広場に厳然と存在していたことは、数十年前の遠い記憶として私の中に残っているのだ。

たくさんの人で賑わう上野公園の坂道を上りながら頭に浮かんできたのは、年の初めに録画して視聴したＮＨＫＢＳ１の番組である。前後編合わせて一〇〇分の特番で「戦争孤児〜埋もれてきた〝戦後史〟を追う」というタイトルだった。三年にわたる調査を重ねて探し出した孤児本人たちへのインタビューをまとめた報道番組で、今では八十代、九十代になっている人々が、当時の過酷な状況を赤裸々に語っていた。

その中で八八歳になるKさん（女性）は、一五歳で両親を失い、弟妹を連れて上野の地下道で暮らした経験を語っていたが、その事実は、数年前に亡くなった夫にさえも話すことができなかったという。おそらくそれは、NHKのインタビューを受けて、迷った末に、初めて自分以外の他人に明かすことのできた敗戦直後の日本の本当の姿なのであろう。

七〇年以上も前に戦争孤児として彼女が過ごした上野の地下道は、今も存在している。JR上野駅の不忍口を出たガード下の左手に、車道に沿って緩やかなスロープが地中へと延びている。東京が空襲にさらされるはるか以前に、地下鉄銀座線が開通した時からあった地下への入り口である。今では床も壁も天井もすべてきれいに化粧されていて、たくさんの照明でとても明るくなっている。平日のラッシュ時などには多くの人に利用されている地下通路なのだが、当時の面影はほとんど残されていない。唯一、銀座線から京成上野駅まで大きくカーブしながら延びていく地下道の中央部分に、地上の大通りを支えるアーチ状の柱がいくつも連続している様子が、かろうじて構築当初の姿を残している。

今のような明るい空間になる前の上野の地下道を、かつての私は通ったことがあっただろうか？　必死に記憶をたどっても判然とはしない。けれども、かなり薄暗くてじめじめした通路を、はるか昔に歩いたことがあったような気もする。数十年以上も前に、おそらく祖母だろうか、手を引かれて駅からアメ横に抜けていく時だったろうか……。あるいはもう少し齢を重ねた小学校五、六年生の時に、遊び仲間たちと探検気分でもぐり込んだ時だったろうか……。傷痍軍人の姿は、もしかするとこの地下道の中でも見かけていたかもしれない。

地下への入口
下から見上げると空は JR のガードに覆われている

緩やかにカーブした地下道内部
アーチの中央部分に補強用の丸柱が加えられた

これまでの自分の過去の体験を振り返ろうとしても、それらの記憶はほとんどが埋もれたままである。終戦直後の傷痍軍人の存在や、上野の地下道の状況などは、知識としては知ってはいても、日常の生活の中でそれらが意識にのぼることは全くと言っていいほどない。しかしながら、今日に限って突然これらのことに思いを至らせたものは、リハビリの途上で聞こえたアコーディオンの音色なのである。今でも特定の祝日などに、右翼の街宣車が大音量を上げて走り過ぎるのはよく耳にする。そのほとんどが勇ましい軍歌をバックにしたアジテーションだ。けれども、上野公園の入り口で聞こえた、今にも消え入りそうなアコーディオンの「同期の桜」のほうが、今の私には圧倒的な迫力をもって届いたのだ。

早歩きのウォーキング中にわずか十数秒で通り過ぎてしまったため、どんな人が弾いていたのかは全くわからない。自分の耳だけがそれを捉えて、頭の中をはるかな過去へと引き戻してくれたのである。ちょっと先の桜並木の下では、派手なBGMを流しながらストリートパフォーマーがジャグリングか何かをしていて、取り囲んだたくさんの観衆から喝采を浴びていた。

こんな眩しいくらいの光景を横目に、人混みをかき分けながら歩く私の心の中では、二〇メートルとは離れていない場所に広がる隔絶した二つの世界のギャップを、なんとかして埋めようと必死にあがいていたのである。

二〇一九年三月一七日（日）記

見知らぬ者たちの交わり

湯島天神の梅もかなり咲きそろい、切通坂にもほのかな香りが漂うようになった二月末の土曜日、いつものように不忍池からリハビリウォーキングをスタートした。

日に日に春めく陽光の下で、池の周りでもたくさんの人が散策している。ハス池の枯れ枝回収作業は八割がた終了したのか、きれいになった広い水面が青空を映し出していた。メインプロムナードの桜並木入り口の広小路広場でも、カスケード前では何かのストリートパフォーマンスに大勢の人だかりである。ソメイヨシノの老木もみな小さな花芽を膨らませていて、一部早咲きの樹木の周りではたくさんの人がカメラを向けていた。そのまま早歩きをしながら公園中央の噴水広場まで上ると、両側に白いきれいなテントが連なり、一番奥にはステージも設営されていて、大掛かりなイベントが開かれているようであった。

左へ曲がり、動物園と都美術館の間の裏道へ進むと、うそのように人込みはなくなり、静けさに包まれる。動物園開設時の旧正門前を過ぎると、人通りのないその先では、予想どおり、土曜恒例のホームレスのための配食用テントが出ていた。今日は普段より少し遅いのか、まだ準備の真っ最中で、十数人のボランティアらしき人たちが忙しそうにしている。その中には明らかに外国人風の人も二、三人交じっていた。まだホームレスの行列は見当たらず、他にはほとんど歩いている人もいなかったが、そのまま進んで奏楽堂前の林の手前まで来ると、想像したとおり、そこにはたくさんの人々が整然と並んでいたのだ。ところがその光景は、これまでに目にしたものとはかなり様子が違っていたのである。

奏楽堂前の林に集まるたくさんの人々
それぞれレジ袋をぶら下げて配食サービスを待っている

驚いたことに、その場には一〇歳前後と思われる子供たちが何十人もいたのだ。中にはホームレスの列に紛れ込んでいる子供もいた。そして彼らのほぼ全員が、金髪やブロンドのいわゆる西洋人の子供たちであった。かなりびっくりして、自分でも自然と足が止まり、周りをよく見渡してみた。そこには彼らの親と思われる外国人の男女もたくさんいて、思い思いにたたずみながら、我が子の行動を見守っている様子だった。いわゆるコーカソイドで欧米風の白人がほとんどであった。

ホームレスの集団とブロンドの子供たちというあまりに異質な組み合わせに、何が起きているのか瞬時には理解できずに、そのままウォーキングを続けて林の中へ入っていった。そこでは、いつも彼らの集会で使われる簡易椅子が畳まれたまま土の上に並べられていて、スピーカーなどの準備をしている人たちもいた。そのまま歩き続けて国立博物館前の広場から科学博物館側の林へ進んだのだが、なぜあんなに大勢の外国人の子供たちがホームレスの集団と一緒になっていたのかがどうしても気になってしまう。もやもやした気持ちのまま歩くスピードを落として、イベントで人だかりの噴水広場のステージ裏を横切って、再び元来た奏楽堂前の林の中へと戻っていったのである。簡易椅子の準備は続いていて、整列したホームレスの集団を囲む人々の数も増えていた。今来たばかりという親子もいて、知り合いなのか、親同士で何か話している。そして目の前では、さらに驚くような光景が展開しつつあった。

西洋の小さな子供たちは、手に手に大きな袋を下げてホームレスの列の中へと小走りに進み、一人一人に袋から何かを渡していたのである。それらが何であったかはよく見えなかった。近くではリーダーのような男性が子供たちに、「あっちの列はまだ渡ってないよ」というような指示をしていた。きれいな英語である。子供たち同士がしゃべっていたのも、よくは聞き取れなかったが英語であろう。周囲に集まっていたのは明らかに西欧風の外国人ばかりで、東洋系の顔立ちの人はほとんどいなかった。そして当然のことだが、子供たちから何かを受け取っていたのは全員日本人である。

リハビリで歩き始めた頃、たまたま彼らが聖歌のようなものを歌っている場面に出くわしたことがあったし、簡易椅子に座って何か説教のようなものを聞いている時もあった。そして都美術館駐車場先のテントまで長い列を作って、食事をもらっている様子を見たこともある。しかし、こんなに大勢の外国人の子供たちがホームレスの列の中を駆け回り、何かを配っているシーンは初めてである。日本の一般家庭であれば、おそらく今どきの若い親は殊に、自分の子供にあえて積極的にホームレスとの直接的接点を持たせようとはしないであろう。この時も、近くを通り過ぎる日本の家族連れやカップルはほとんどみな、一風変わったこの集団には全く関心をはらわなかった。

この光景を目にしながら私の中で腑に落ちたことは、毎週土曜の昼時に上野公園のはずれでこの配食サービスを行っているのは、おそらくキリスト教系の宗教団体であろうということである。どこかの教会が主催しているのかもしれない。詳細については判然としないまでも、その根底にあるのは宗教なのだと感じたのだ。

ここで断っておかねばならないが、私自身はよく言って、せいぜい出来の悪い無神論者である。だから信仰心のある人のことをとやかく言う資格はない。しかし、あえてそのうえで考えてみたい。

人間が創り出した最大のフィクションの一つが宗教だといわれる。一番初めの大きなウソには目をつむり、そこから出来上がった物語を本当のこととして信じることのできる人々が、地球上には何十億人もいるのである。途中様々な過程を経て、宗派分裂や他宗教との熾烈な争いも続けられてきた。歴史的にも現代社会においても、宗教とは多くの人々を一つにまとめる要因でもあるし、相互に争う衝突原因でもある。そんな宗教に基づくと思われる些細な活動が上野の森の片隅でなされているということを、喜々として〝プレゼント〟を配る子供たちの姿に見せつけられた思いであった。

ベストセラーとなったユヴァル・ノア・ハラリの『サピエンス全史』（河出書房新社）では、幾多の生物のうち唯一ホモ・サピエンスだけが〝フィクションを信じる力〟を持てたという。そのことが数百万年後の今日、地球上で人類が他の生物を支配している根本にあるらしい。フィクションとしての物語＝神話を信じることができたからこそ、個々バラバラだった人類は大きな社会を構成し、共通の目的に向かって協力し合うことが可能になったというのである。

これはこれで興味深い論説だし、もっと掘り下げていきたいと思うのだが、今の私の関心は、ホームレスに〝プレゼント〟をしていた子供たち自身に、どれほどの宗教心があるのかということと、それを受け取るホームレスたちの心の内がいかなるものであるのか、ということなのだ。

子供たちの多くが手にしていた大きな紙袋には「KINOKUNIYA」と濃い緑色でロゴが入っていた。私の知る限り、上野界隈にこの高級スーパーは存在しない。この紙袋を使うスーパーで私がそれとわかる場所は、表参道近くの青山通りに面した一軒だけである。前もって示し合わせたわけでもないだろうが、周りで見守る親たちのほとんどが、上野ではなく神宮前、北青山、南青山という住所に日本での住まいを構え、この日の宗教活動のために「KINOKUNIYA」で買い物をしてきたということなのだ。彼らにとってそれは日常の一部であり、この福祉活動のために子供を連れて上野に来たのも、もしかすると小学校のPTA活動のようなノリなのかもしれない。

ホームレスの列を走り抜けていく子供たちはみな屈託がなかった。中には五、六歳くらいの幼い子もかなり交じっていた。彼ら彼女らは親から何と言われてここに来たのだろうか？

「困っている人たちにプレゼントしましょうね」

「いいことをすると神様からご褒美をもらえるよ」

キリスト教に限らず様々な宗教で尊ばれる喜捨の精神をここで論ずるつもりはない。ただこれもノア・ハラリの本からだが、「〝いい子でいればバナナをもらえる〟ということを信じるチンパンジーはいない」のである。まさに人間だけが、このフィクションを信じることができて、そのことが大なり小なり宗教と強いつながりを持っているのだ。そしてこれらの子供たちは、このような信仰心篤い家庭環境、社会環境の中で、自ずから少しずつ自分たちの神を信じる力を養っていくのだろう。

反対に、ごく普通の日本の一般家庭や社会風習、平均的日本文化などは、厳格な宗教心を育てる環境とはいえない。「あらゆるものに神が宿る」という日本の土着信仰（の一部）は現代日本人にも引き継がれているようだが、万物すべて神ということは、逆にどこにも神など存在していなくて、その都度自分に都合のいいものだけを引いてくる、という安易な態度につながっている（まさにその典型の一人が私自身である）。

全国あちこちにあるチャペル風の結婚式場には、若者たちが集まり〝神〟の前で愛を誓うが、彼ら全員がキリスト教徒であるわけではない。近年増えているハラル食を提供するレストランにも、それを必要とする信者だけではなく、そんな一風変わった料理を味わいたい、というような宗教とは無関係な人々もやってくるはずだ。そしてそのような諸々のことが、すべて表立った争いもなく成立してしまうのが現代の日本社会なのである。このことをもって〝日本人の寛容性〟としてよいのか、あるいは単に宗教には〝無関心〟なだけなのか？　ここの部分が、実は最も重要な分岐点かと思われる。

〝無関心〟とは〝愛〟の反対語ともいわれるが、直接自分に影響を及ぼさないことに関しては、日本人の気質としてほとんどの人が関心を示さないであろう。意識的に見て見ぬふりをすることも（自分を含めて）かなりあると思うが、それらも、「面倒なことには関わりたくない」という気分が強いからだろう。宗教上、神から日々の善行を求められる、あるいは強制される（特に一神教の）信者とは、明らかに異なる部分である。

だが、この〝無関心〟があるがゆえに、自分とは全く異なる文化や習慣を持つ人に対しても、彼らから何らかの損害や迷惑を被らない限り、多くの日本人は反発を感じずに自然に受け流すことができるのだ。そのような日本人の一般的な対応が、たとえそれが無関心から生じたものであったとしても、争いごとの少ない寛容な姿として周囲からは捉えられているのかもしれない。逆に信仰心の篤い人々（特に一神教の信者）は、自分の信じる神の教えに背くような人はどうしても受け入れることはできないのだろう。これはどちらがよくてどちらが悪いという問題ではない。

駆け回る子供たちの中で、ホームレスはみな静かに並んで立っていた。ほとんどが無表情で、ごくわずかに仲間内で話している人がいる程度だった。ホームレスの人々がこの時どんな気持ちでいたのか、その素振りからは何とも知りようがなかった。彼らの多くはそれほどひどい身なりというわけではなく、極度の貧困状態にあえいでいるようには見えなかった。ただ一点、強烈な印象として残ったのは、彼らがみな一人ずつレジ袋のようなものをぶら下げていて、子供たちはその中へとプレゼントを入れていたことである。直接手から手へ渡していたのではなかった。お互いに目を合わすことも、言葉をかけ合うこともなかった。

それに気づいた時から、なぜかもうこの光景を見てはいられなくなってしまい、私は足早にその場を立ち去ったのである。逆方向に戻った先では、配食テントの下で準備がかなり進んでいた。おそらくもうしばらくしたら、ホームレスの行列がここまで伸びてくるのであろう。

もらう側に何らかの信仰心があったとはとても思えない。自らになされる子供たちからの厚意に対して、表面上はほとんど〝無関心〟であった。レジ袋をのぞいて何をもらったのかを見る様子もなかった。また子供たちのほうも、幼さゆえの明るさはあっても、自分たちの行為がどれだけ宗教的な教えに結びついているかを理解しているようにも思えないのである。

おそらくこの両者はどこまで行っても交わることはないであろう。言葉も違えば文化・習慣も違ううえに、宗教や信仰に対する姿勢にいたっては全く異なる。けれども、それで一向にかまわないのだと思う。直接的な触れ合いはなくとも、ホームレスのぶら下げたレジ袋が象徴するように、〝無関心〟をまとった寛容性の中にあらゆるものを取り込んで、あとから自分で選択すればいいのだ。

配食サービスを受け取った彼らがどうするのかは容易に想像がつく。思い思いに公園内に散らばり、ようやくレジ袋をのぞいて、何から口にするかをちょっと思案するのだ。アイドルイベントで活況をなす噴水広場のベンチにいても、今しがたコンビニで買い物をしてきてランチを食べている人と何ら変わらないように見えるであろう。

プレゼントを配り終えた子供たちはどうするのだろう？　両親から「Good job!」などと声をかけられ、手を引かれて、昼下がりの動物園や不忍池などを散策するのだろうか？

西洋の子供たちと日本のホームレスとは、この日以降、お互いをそれと認識して出会うことはまずあり得ないだろう。彼らは互いに全く見知らぬ者として出会い、互いに触れ合うこともなく、わずかにレジ袋を介して瞬間的な交わりを一回交わしただけなのである。かろうじて、そんなことがあったな……という記憶が残るかどうかだろう。ただ、願わくば、たとえ微かな記憶になったとしても、両者ともにそれをずっと持ち続けてほしいと思う。おそらく甘い菓子か何かであろう〝プレゼント〟は、食べてしまえば何も残らない。レジ袋も中身がなくなればゴミにしかならない。だが、微かな記憶さえ残れば、それでいいのである。

子供たちにホームレスを嫌悪したり避けようとしたりする素振りは見られなかった。ホームレスたちにも、悪びれたり恐縮したりする様子はなかった。形だけのことかもしれないが、神の名の下に行われた宗教上の行為と、それを受け入れる〝無関心〟をまとった寛容性らしきものが、どこまで行っても決して交わることのない全く異質な人格を介して、上野の森の片隅で出会ったことは確かなのである。その事実をかみしめながら、私は帰路のウォーキングを続けた。

噴水広場の特設ステージでは、別のアイドルグループが歌って踊って、広場に集まった大勢の観衆から大きな喝采を浴びていた。

二〇一九年二月二三日（土）記

不忍池の壁

桃の節句も過ぎて、季節は明らかに一歩進んだ。不忍池の中道の桜並木も、枝先の花芽が色付き膨らみつつある。ヤナギの細い枝は淡い薄黄緑の小さな葉をたくさんつけているし、寒緋桜は一足早く真紅の小さな花をいっぱいに開花させている。しばらく前までは寒風に縮こまり、デコイのように固まっていたカモたちも、水面をあちらこちらと泳ぎ回っている。こんな日のウォーキングは本当に楽しい。

いつものように軽くウォームアップをしてから、池の中道を歩き始めた。右手に弁天堂をやり過ごしてボート乗り場の前を抜けると、道はボート池に沿って緩やかに左へカーブしていく。右側には低いメッシュフェンスが続き、その奥は上野動物園である。フェンスの足元には、カーブに沿ってユキヤナギの大きな株が小さな白い花をたわわにしている。

不忍池は、そのほぼ中央に小さな中之島があり、そこに谷中七福神の一つ、弁天堂が建っている。このお堂のある中之島は江戸初期に狭い石橋で陸地と結ばれ、そこから続くY字型の中道によって、不忍池は三つに分かれている。私が普段リハビリで歩くのは、そのうちの二つ、ボート池とハス池である。北側の三番目の池はフェンスで区切られ、上野動物園の一部になっている。そのため動物園に入らなければ、その周囲を歩くことはできない。ボート池との境界をなす道にはメッシュ状のフェンスがあるだけで、視線は自由に動物園の池を越え、対岸のモノレールまでよく見渡すことができる。

ここを歩きながら、「たまには動物園側にも入ってみたいな」と思った時である。低くて華奢とはいえ、このフェンスが人の移動を阻んでいることには違いないと改めて気がついた。そしてそれと同時に「壁」という言葉が重くのしかかってきたのである。

今のこの時期に「壁」と言ったら、誰しも思い浮かべるのは「トランプ・ウォール」であろう。メキシコ国境沿いの壁建設を公約に掲げてアメリカ大統領となったトランプは、昨秋の中間選挙の惨敗にもかかわらず、議会に要求した壁建設予算が極めて少額に抑え込まれたことに対し、大統領権限で〝非常事態宣言〟まで出そうかという無茶ぶりである。このこと自体が自国内外に様々な影響を及ぼし大問題なのだが、今はそれは脇に置く。「壁」そのものの存在目的と物理的効果から考えれば、トランプ・ウォールも不忍池の低いフェンスも全く同じものである。要するに、壁を挟んだ人の自由な移動を制限するというものなのである。

有史以来、ヒトが集まって住むようになると、いたるところで壁が作られてきた。それぞれの共同体の領域保持のために、その周囲に様々な形式の壁が作られていたことが、世界中の古代遺跡から判明している。時代がずっと下り、共同体の上に国家というものが生まれてくると、壁のあり方ももっと大規模なものとなった。現存するものでは古代ローマの「ハドリアンズ・ウォール」から、中国秦の「万里の長城」まで、そのスケールは、当時の人々が本当にこれらを構築したのか、と思わせるほどのものである。トランプがこれらに匹敵するものを造りたいのかどうかは別にしても、これら三つの壁に共通する目的とは、自他を明確に分離した上で、他者の侵入を防ぐということなのである。

ローマ五賢帝の一人ハドリアヌスも、秦の始皇帝も、それぞれ場所は違えど、蛮族の侵入には手を焼いたらしい。二一世紀のアメリカ大統領にとっても、メキシコ国境を越えてやってくる不法移民は、とてつもなく目障りな存在なのだろう。しかしながら、壁を乗り越えようとする側はもっと必死なのである。

メキシコ北端、アメリカとの国境沿いにティファナという町がある。そこには中南米からアメリカを目指してやってきた人々が、数千人という規模で集まっているという。難民申請の手続きは煩雑を極め、長い間待たされたうえに、そのほとんどが却下されるらしい。

彼らが滞在する環境は劣悪なもので、乳幼児や女性など弱い者から倒れていく。いきおい、正規の入国手続きを待ってはいられない若者たちは、不法に壁を越えようと様々な手立てを講ずる。警備が手薄で壁もない荒野を歩いて抜けようとする者も多いというが、途中で命を落とす者もいる。トランプはそんな原野の中にも国境の壁を造るというのだ。そして、この無謀ともいえる壁建設に賛同するトランプ支持者も、いまだにアメリカ国内には厳然と存在している。

その是非については問わないとしても、このように自分たちと異なる者を排斥しようという動きは、アメリカに限らず世界各地で発生している。国境の内外を明確に区分し、人の出入りを厳格に制限して、自国民だけの利益を最優先に掲げる〝自国第一主義〟なるものの明白な象徴が「壁」なのである。

不忍池のフェンス際には、そんな人工的な境界壁など意に介さないかのように、メッシュを突き抜けて自由に枝を伸ばす樹木を何本も目にすることができる。カモやカモメも、フェンスなどはお構いなしに、動物園の池とボート池・ハス池との間を自由に行き来している。残念なことに人間だけが、こんな華奢なフェンスではあっても、向こう側への移動には動物園の入園料を払わなくてはならない。トランプ・ウォールとの違いは、そのコストが自

不忍池のボート池と上野動物園とを隔てるフェンス状の壁
樹木に覆われてほとんど壁の存在は感じられない

分の命か数百円か、というだけである。しかしその差は、当事者にとってはあまりにも決定的なものになっている。

自由自在に壁を越える不忍池の鳥たちも、注意してよく見ると、それぞれの仲間ごとに自分たちの領域を持っているような気がする。ユリカモメの群れる水面、オナガガモが集まる陽だまり、ビオトープ内のキンクロハジロ、夕刻に数百羽のスズメがさえずるソメイヨシノの老木などである。自由にどこへでも飛んでいける彼らにとって、動物園のフェンスは、無きに等しい。そうは言ってもこれらの鳥たちも、彼らなりに不忍池の中で棲み分けをしつつ、平和に共生しているのである。

二〇一九年三月一四日（木）記

ベルリンに壁があったとき

今日も歩きながら考えている。

今年（二〇一九年）の秋、一一月九日には、ベルリンの壁が崩壊して三〇年という節目を迎える。あの日、壁の上に集まりつるはしを打ち下ろす人々の映像は、今でも私の目に焼き付いているが、そんな強烈な印象を与えてくれる要因は、少なくとも不忍池のフェンスにはあるはずもない。そのことをもって幸せだとしてよいのかどうか……？　もちろん日本にも、このような公共施設などを周囲から区分する壁はあちらこちらに存在するが、それを越えるコストはたかが知れていて、命まで取られるというようなことは絶対にあり得ない。それ以前に、例えば上野動物園の入場料を〝壁を越えるためのコスト〟として考えること自体、普通の日本人には全くないであろう。

「平和ボケ」と自虐的に唱える一部の日本人論客が、その責任を戦後民主主義や戦後教育に求めるようになって久しいが、「命懸けの越境」という行為を強要されずに暮らしてこられたという事実は、厳として存在しているのである。ただし、そのことに関して無自覚的に過ごしているか否かの違いは残っているのだ（もちろん一九四五年の夏以降、大陸からの引き揚げ時に生死の境をさまよった大勢の人々が「命懸けの越境」を強いられたということも、決して忘れることはできないが……）。

戦後教育の申し子である自分が、このような「壁を越えるコスト」について思い知らされたのは、今から三七年前の四月、東西冷戦下のドイツでのことである。

建築の修士課程二年に進んだばかりの春、一眼レフカメラと大量のポジフィルムをバックパックに詰めて、当時最安値だった西周りのパキスタン航空で三ヵ月余りのヨーロッパ旅行に出かけた。貧乏学生の常としてユーレイル・パスを使用し、ケルンからベルリン行きの夜行列車に乗った。それほど混み合うこともなく、確か六人掛けのコンパートメントを一人で独占できた。暖かく快適な車内で「一晩寝れば、明朝はベルリンだ」と勝手に思っていたのだが、列車が東西ドイツ国境を過ぎると、いきなり暖房が切られてしまった。車内の照明も消されて真っ暗な中、どんどん気温は下がってくる。四月のドイツ内陸部はほとんど真冬のような寒さであり、おちおち眠ってもいられない。暗いコンパートメント内で不安がつのるうちに、急にドアが開いて一人の男が入ってきた。東ドイツの車掌だった。

しばらく前にやってきた西ドイツの車掌に見せたユーレイル・パスを、この時も取り出して彼に見せた。けれども意味のつかみにくい英語で、「これは東ドイツでは使えない」と言って運賃を請求されたのである。ガイドブックでこのことは知っていたので、マルク札を出そうとすると、しきりに「ドル、ドル」と言ってくる。なんなんだこいつは……と思いつつも、致し方ないので、なるべく彼にわからないようにして、額面の少ない米ドルのトラベラーズ・チェックを取り出した。ちらっと見て今度は「サイン、サイン」と言う。彼の照らす懐中電灯の光の中でサインした。確か10ドルだったと思う。東ドイツの車掌はそれを受け取ると、満足した様子で廊下へ出ていったのである。

東西ドイツの国境からベルリンまで、東ドイツマルクでいくらするのかは全く知らなかったうえに、東ドイツに入国するのは初めてで、現金は西ドイツマルクと米ドルの少額紙幣しか持っていなかった。今思うと、彼が本当に欲しかったのは米ドルの現金だったのだろう。ただ、トラベラーズ・チェックでも米ドルでありさえすれば、彼にはいくらでも換金する手立てはあったのだと思う。要するに国内事情は別にしても、表面的には東西冷戦たけなわの一九八二年春の時点で、東側の人にとっては10ドルという西側の通貨は、こちらが考える以上の相当な価値があったのだろう。

翌朝、到着した西ベルリンは当然西側の領域であり、駅構内も駅前広場も、早くから大勢の人で賑わっていた。駅近くの安宿に荷物を置いて、カメラを持って街に出た。当時の写真を見ながら思い出してみると、建築デザインを学ぶ端くれとして、殊勝なことにまずはミース・ファン・デル・ローエのナショナル・ギャラリーを見学。さらにハンス・シャロウンの国立図書館やコンサートホール（ベルリン・フィル）を見ている。これらはみんな西ベルリンの東寄り、東西の境界に近いところにあり、途中、西ベルリン側から「壁」やブランデンブルク門も見ている。

延々と連なるベルリンの壁は、西側から近づく限り何の問題もなかった。ただし、ブランデンブルク門はかなりの距離からフェンスで仕切られていて、通り抜けることはおろか、視線すら門の足元部分には届かなかった。周囲にはほとんど人影はなくて、西側にもかかわらず、非常にさびれた場末のイメージが漂っていた。

次の日は早朝から東ベルリンに行った。K・F・シンケルの新古典主義の建築群を見たかったのだが、それ以上にやはり「東側」の空気に触れたかったのである。

壁を越える場所として有名なチェックポイント・チャーリーは使わず、市内を結ぶ高架鉄道に乗って東へ向かった。どこかの駅が東西ベルリンの国境になっていて、確かそこで

西側から見たブランデンブルク門とベルリンの壁

壁の向こうは東側の無人の緩衝地帯
中央に見えるのは監視塔か？

は何らかの検問があったはずだが、今ではもうその詳細を思い出せなくなっている。そのまま電車に乗り、数駅先のアレクサンダー・プラッツで下車、東側の地を踏んだ。そこはとても広大な広場の一角で、現存するテレビ塔が建っている。ここもそれほど人がいるわけではなく、広々としているだけに、かえって寂寥感が強くにじんでいた。

東ベルリンではウンター・デン・リンデンの正面に、まっすぐブランデンブルク門を見返すことができた。しかし近づくにつれ次第に人影はなくなり、警備は厳重になってくる。東西冷戦の最前線には違いないのだから当然だろう。けれども大通り沿いに連なる建物は、ネオクラシカルな表情をまとって、どれも荘厳であった。全くと言っていいほど人のいない街路の景観は、静けさの中である種の冷え冷えとした上辺の平穏さを表していたのだろう。

この時、一九八二年四月一八日、三日前に二四歳になったばかりの自分は、その三七年前の同じ四月、この場所がどのような状況下にあったのかを想像することはおろか、ちょっとでも思いをはせることすらできなかったのである。すぐ近くにはアルベルト・シュペーア設計の総統官邸もあったのだ。今思い返すと、あの時の自分はその場に身を置きながら、ほとんど何も見ていなかったことになる。

しかし、今でも記憶の片隅にしっかりと焼き付いているものがある。アレクサンダー・プラッツのテレビ塔上部には球体のオブジェがあり、当時内部は展望レストランになっていた。東側でランチをしようとそこへ上がっていった時のことである。さすがに眺めは素晴らしく、東ベルリン市街を上から見渡した写真が何枚も残っている。それらはみな、当時を振り返るよすがにはなっているのだが、レストラン内部の写真は一枚もない。どんな雰囲気のインテリアで、そこで何を食べたのか、全く記憶にないのであ

東側から見たブランデンブルク門
これ以上近づく勇気はなかった

無人の東ベルリン市内
路面電車の音がかえって不気味だった

戦後37年目になっても東ベルリンには戦争の傷跡がいくつも残されていた

る。要するに自分は、東ドイツの一般的な生活（展望レストランでの食事が東ベルリン市民にとって一般的かどうかは別としても）に対しては、全然関心がなかったということなのだろう。

ただ一点、今でも鮮明な記憶として覚えているのは、そこで出された食器である。大小何枚かの皿もナイフもフォークも、すべてがざらっとした触感の鈍い鼠色を放つアルマイト製であった。ちょっと力を入れたら、へこんだり曲がったりしてしまいそうな、なんとも言えない粗末な代物だった。東ベルリンで最も高い建造物にある展望レストランでのこと。世間知らずの若かりし頃の自分でさえ、「そこそこよい場所」という感覚はあったはずだ。ランチがいくらしたかも覚えていない。けれども、これらのアルマイト製のペナペナな食器を見た瞬間、自分からすれば壁の向こう側、東側世界の生活とはどのようなものなのかということが、強烈な印象として記憶に刻み込まれてしまったのである。

この時から間もなく三七年目の四月となる。ベルリンの壁崩壊からでも、あと半年余りで三〇年になる。統一後のドイツを訪れるチャンスはまだない。もしかすると、この病を抱えた体では、この先もそんな機会はないかもしれない。けれども「壁」も、もうそこにはないのである。

統一ドイツの首都として、また大陸ヨーロッパの中心として、壁のないベルリンの街はいまだに日々変貌しているであろう。「壁が存在しなくなった」という意味は、誰にとっても計り知れない大きなものがあると思う。少なくとも自由な行き来が妨げられることはない。けれども、「壁があった」ということ、そして「壁を越えるコスト」「壁の向こうで生きるコスト」もまた計り知れないものであったということも、多くの人の記憶から失われつつあるのかもしれない。

わずか一日足らずとはいえ、壁のあった東ベルリンをほんの少し、自分は知っている。その記憶が消滅しないのは、寒くて真っ暗なコンパートメントでドル紙幣を強要した車掌と、展望レストランのアルマイトの食器のおかげなのである。

あの日の夕方遅くに、朝と同じように高架鉄道に乗って西ベルリンに戻ってきた。日本のパスポートは、西側へ帰る時の検問をたいしたこともなく通り抜けた。夕暮れのティア・ガルテンを歩いて横切り、そのままフィルハーモニーホールへ向かった。運よく安い当日チケットを買うことができて、その夜にはベルリン・フィルの生の音を楽しむことができた。最初のいくつかの曲目は覚えていない。指揮はクラウディオ・アバドだったかもしれない。ホールのインテリア（建築界では有名な非対称のオープンステージスタイル）の写

開演前、しだいに人で埋まるホール客席

真はすぐ出てきたが、取っておいたはずのプログラムはまだ見つからない。ただ、最後の曲がブラームスの四番だったことは、はっきりと覚えている。私の大好きな交響曲の一つである。

この時、ベルリンの壁は微動だにせず東西を分断していた。それからわずか七年後に、この壁が市井の人々によって打ち砕かれるなどとは、誰も想像できなかったに違いない。けれども世界最高峰のオーケストラでブラームスを楽しむ人々の数キロ先には、アルマイトの食器で夕食を済ませる人々がいたことも事実である。

そして、今思い返すとあまりにも悔やまれることなのだが、あの日の自分は壁を越えて帰ってきたにもかかわらず、この二つの世界の違いと、それを作り出した壁の存在とを正確に理解することは全くできなかったのである。

歩きながら考えている。ベルリンにはもう壁はない。けれども、地球上にはまだまだ壁がある。

毎日のようにリハビリで歩く不忍池にも壁がある。しかし、ここを散策するほとんどの人は、壁のどちら側にいてもその存在を意識することはないであろう。いたって平和な壁である。

その壁に沿って歩きながら考えている。人の頭で考え得ることなど、たかが知れているのかもしれない。けれども心臓リハビリのウォーキングとは、フィジカルな心臓血管の回復のためだけではなく、頭の中をも少しずつ鍛えてくれているような気がするのだ。明らかにそれは、病に侵されたことで得ることのできた、小さな幸せの一つだと思う。

二〇一九年三月二〇日（水）記

サクラを求めて
――お花見ロングライドの昼下がりに

新見附橋から見返した外濠。JRの線路の上は外濠公園でこちらにもサクラが連なっていた

四月最初の週末、朝から柔らかな春の日差しが降り注ぐ青空の下、都内の桜も数日前に満開となり、見頃が続いている。風もなく穏やかな好天に恵まれ、おそらく上野は相当たくさんの人を集めているだろう。そこで、いつもとは別の場所へ行きたくなって、自転車でお花見ライドに出かけた。

無縁坂の事務所を一〇時前にピナレロで出発。順天堂医院の横から外堀通りへ出る。水道橋を過ぎて飯田橋を抜けるあたりから、沿道にはきれいな桜並木が続いている。外濠の対岸、JR中央線・総武線の上にもたくさんの桜が満開となり、高低差もあって濠を挟んだ二段重ねの花の景観をなしている。新見附橋で外濠公園に上がって見下ろすと、淡いピンクの連なりが見事だった。

新宿中央公園のサクラ
午前中から花見客が集まっている

多摩湖サイクリングロード
ここも満開のサクラ

市ヶ谷で外濠を離れて、靖国通りを新宿へ向かう。山手線の大ガードをくぐって、西新宿の高層ビル街を抜けて新宿中央公園へ。広場では既に何組かの若者たちが段ボールやシートを広げて、飲み会の準備をしていた。都庁をバックにサクラの写真を撮って、方南通りを西へ走る。途中、善福寺公園や大宮神社など桜のきれいなところもあるのだが、今日は先を急いで素通り。浜田山から井の頭通りに入り、吉祥寺駅前の雑踏を走り抜ける。おそらく井の頭公園にもたくさんの花見客が出ていることであろう。そのまま直進すると、多摩湖サイクリングロードの入り口である。

退院後、荒川沿いはすでに何回か走っている。たどり着けることができるかと危ぶまれた彩湖にも無事行くことができたし、その先の秋ヶ瀬公園を一回りすることのできた日もあった（三月九日。六〇・八四キロメートル）。大動脈解離を患って以降、これまでの最長ライドは荒川治水橋までの往復である（三月二五日。七一・七八キロメートル）。ただこの時も、病気以前にはよく行っていた川越までは届かなかった。やはり気持ちのどこかに「無理はするな！」とブレーキがかかるのである。つまるところ、この日の真の目的は、花見ライドにかこつけて、退院後にはまだ走っていない多摩湖サイクリングロードを走ることであった。

ほぼ一直線に伸びるこの道はとてもよく整備されていて、桜だけではなく様々な樹木が植えられている。パーゴラやベンチ、小公園などもところどころにあって、近隣の人々の散策路にもなっている。さすがにこの日はお花見のピークで、小さな子供連れからゆっくり歩きの高齢者夫婦、さらにジョギングの人、子供とサイクリングする若いファミリー、カメラを構える人、ポーズをとる人、加えて私と同類のロードバイクのチャリダーまで、あらゆる年齢層の人たちが春の日差しに映えるサクラを楽しんでいた。小平駅近くの公園では地元の桜祭りが開催中で、縁日の屋台もたくさん出店していて大賑わいだった。

西武線八坂駅を過ぎたところで先のルートを考える。ここまで来るとあと少しで狭山公園で、以前であれば多摩湖を一周したり、狭山湖から所沢へ回ったりと、気楽に一〇〇キロメートル超のコースを走っていた。しかし、解離したままの心臓血管に無理はかけられない。この日もここで精神的な抑えが働いた。

多摩湖・狭山湖はまた次の機会に回して、八坂で左折、線路の反対側すぐにある東村山中央公園にやってきた。以前から線路越しに大きな木々を眺めていたところで、ここを訪れるのは病気前を含めて初めてである。西武線沿いに長く連なる大きな公園で、ここでもたくさん家族連れなどが花見やデイキャンプをしていた。大げさに言えば、私にとってこの公園は未踏の地であり、初めてここに来れたことはとてもよかったと思う。

東村山公園を出て八坂から南下、青梅街道に突き当たって左折、東へと帰路を走る。都下郊外の青梅街道は片側一車線ずつの道路だが、土曜の昼下がりでそれほどの交通量もなく、ようやくロード本来の（体力的には本来のものではないのは当然なのだが）走りになった。スピードを上げて風を切って進む爽快感は、自転車ならではのものである。

田無駅周辺のごみごみしたところを抜けて、新青梅街道へ入り、さらに東へ。この道も走り慣れたルートである。早稲田高等学院のところで脇道に入り、次のお花見スポット、石神井公園へ向かう。何年も前に来たことはあるのだが、さすがに入り組んだ道は覚えていない。途中で散歩中の人に道案内を乞い、氷川神社の参道を教えてもらった。この参道にもとても立派な桜があって、写真を一枚。そういえば大きな神社があったことを思い出した。この社の背後北側が石神井公園である。狭い路地を回って急なダート状の坂道をゆっくり下ると三宝寺池が現れた。武蔵野の面影を残す雑木林に囲まれた池のへりには、細い遊歩道が続いている。ここはバイクを降りてゆっくりと歩いた。狭い散策路で、割と高齢の人が多かったように思う。

小さな木橋を渡って三宝寺池の対岸へ出ると、少し先でたくさんの人がカメラを構えて群がっていた。彼らの視線の先には、池越しにきれいなサクラが一本あり、水の上に大きく枝を広げている。早くも散り始めた淡いピンクの花びらが水面を彩っていて、その一角だけ桃源郷のような原始の世界をなしているように感じられた。この光景を目にするまで、今日はすべて軽い気持ちでスナップ感覚のシャッターを押していたのだが、一眼レフを持ってこなかったのが惜しまれる思いにいきなり襲われた。もちろん自転車のロングライドが主目的で、コンデジ（コンパクトデジタルカメラ）しか持っていないのは仕方ないのだが、それでも今日一番の写真を撮りたくなってうろうろとアングルを探し始める。人混みを離れて池を回り込み、逆光気味のアングルを見つけて構図を決めた。

石神井、氷川神社の参道
サクラの下で何を祈るか？

石神井公園、三宝寺池のサクラ
この日のロングライドで撮影した48枚のカット中、自分にとっては最高の１枚となった

はるか以前、フィルムカメラ全盛時代に、重い一眼レフを抱えてタマ数（残りのフィルム枚数）を気にしながら、1カットを撮るのにとても慎重になっていた自分を思い出した。しかし急速な技術進歩により、三六枚撮りフィルムはほとんど過去のものとなり、代わって今やデジタル全盛である。メモリー容量も格段に増加して、秒速何コマという連写も当たり前になった（かつては「モータードライブ」というごついものを一眼レフに組み合わせなくてはならなかった）。スマホで撮影し、ＳＮＳなどにアップすれば、誰でも簡単に映像の発信者となれる。それはそれで決して悪いことではないとは思うが、それによって失われたものも多いのではないだろうか？

もしかすると、そんな疑問を呈すること自体が古くさいのかもしれない。けれども、過去を知らなければ失われたものの存在にも気づくはずはないし、そうであればこのような疑問が浮かぶわけもないのである。

私がコンデジを構えた近くに、一人の若い男性がいた。三十代だろうか。ローアングルの三脚に一眼レフを載せて、長ダマ（望遠レンズ）で同じサクラを狙っていた。彼はファインダーを覗いては時計を見ている。レリーズの付いたシャッターは、まだ押さない。たぶん太陽がもう少し傾き、もっといい斜めの光線がサクラを浮き上がらせる瞬間を待っているのだ。

そう気がついた時に、なぜかホッとするものを感じた。彼がプロのカメラマンなのかはわからない。それでも、1カットにそれだけの時間とエネルギーをかける人が自分のすぐ近くにいるということに、なんとも言えない安心感とともに、言葉にはできない連帯感が生まれたのである。

けれども残念ながら私には彼ほどの持ち時間はなかった。なにせ石神井から上野まで、明るいうちにロードバイクで帰り着かなくてはならないのだ。もともとリハビリを兼ねたロングライドなのだ。既にこの日は退院後には初めてとなる場所をいくつも走っている。この体で無理は禁物だ。

夕暮れの赤みを帯びた光を待てないまま、それでも一枚ずつ丁寧にシャッターを切って、もう一度池越しにサクラを眺めた。モニターを見れば、どんな写真が取れたのかはその場ですぐに確認できる。これもフィルム現像という工程を必要としないデジタルの利点だろう。だがあえてモニターは見ないで、私は実際のサクラそのものを再度目に焼き付けた。そしてホーッと息を吐いてから、ピナレロにまたがり、昼下がりの石神井公園をあとにした。

二〇一九年四月九日（火）記

不忍池の人模様

ボート池沿いのビオトープ
弁天堂からは昼の読経が静かな水面上を渡って聞こえてくる

例年にない長い連休も明けて、不忍池周辺にも普段どおりの日常が戻ってきた。サクラの季節はとうに過ぎ去り、ゴールデンウィーク中に見頃だった大輪のオオムラサキ（ツツジ）もだいぶ花の数を減らしてきた。代わって岸辺に近いビオトープでは、白や紫のカキツバタが華やかに咲き誇っている。ボート池の水際には数箇所まとまって黄色いショウブも見られる。はるか昔に「花の色は移りにけりな――」と詠った平安美人もいたが、二一世紀の今日でも、私の身近で似たような感慨を起こさせる自然の移り変わりは続いている。

花だけではない。木々の梢にも様々な色相の新しい緑が萌え出ている。葉桜だった頃のサクラの葉は次第に濃さを増し、淡い萌黄色をまとったヤナギやイチョウも初夏の風情に近づいてきた。ハスの葉も水面から茎を伸ばし始めて、春先まで開けていた池を日ごとに覆いつつある。

そんな植物たちの旺盛な生命力に押されたのか、このところカモやカモメなどの水鳥たちの姿はめっきり減っている。しばらく前まで、水面上に張り出したサクラの花の下で戯れていたオナガガやマガモ、ユリカモメたちはどこへ行ったのだろうか？　代わって、冬には分の悪かったハトが気温上昇とともにかなり元気になっているし、スズメは相変わらずたくさんの仲間同士でさえずり合っている。スズメの子も日ごとに成長しているのだろう。ハス池の中ほどに群生する葦の根元を根城にしていたカワウたちも、ハスの葉が増えるにつれて、漕ぎ出すボートの数が減ったボート池の水面にも顔を出すようになってきた。

季節に従い変化していく自然の営みの中で、人間たちはどうであろうか？　日々のリハ

冬に刈り取られて広がったハス池の水面に今年の春も新しいハスの葉が一斉に芽を吹いてきた

観光客の減少とともにボートも開店休業。その脇ではたくさんの亀が甲羅干しをしていた

弁天堂の参道も人影はめっきり減ってしまった。軒を連ねていた露店も次々と店じまいをしている

ビリウォーキング中には花や鳥に目が向きがちなのだが、すれ違う人の姿にも変化はある。観光客の数はめっきり減った。最盛期には途切れることのない人波をかき分けるようにしながらペースを落として歩くしかなかった池の中道も、この数日は日中でも人影は少ない。もちろん外国人観光客を見かけない日はないのだが、ひと頃のように桜並木を席巻していた中国系や韓国系の人は明らかに減少し、逆にドイツやフランスなどの欧米人、スペイン語を話している中南米系かと思われる人も目にするようになった。もちろんこれは相対的なものであって、私の肌感覚から来ているのだが、訪れる人の実数という客観的把握としても、それほど間違ってはいないと思う。

　観光客の減少に伴い、それを迎える側の人の様子にも変化がある。しばらく前までは弁天堂の参道両側からお堂の裏の空地まで、ほぼ中之島すべてを埋めていた屋台や露店はそのほとんどが店をたたみ、最近では週末にそのうちの数軒が営業している程度となっている。焼き鳥やおでん、チョコバナナやトウモロコシなどすぐにそれとわかるものから、私にはちょっと得体の知れないものまで、間口の狭い店先に並べて声高に売っていた威勢のいい人々もあまり見かけなくなった。旧正月からサクラの季節を挟んで五月の連休明けにかけて、日々押し寄せる外国人観光客にも全く物おじせず、片言の英語すら使って客引きをしていた彼らもまた姿を消してしまった。

こうして池の周囲を歩きながら考えてみると、動植物だけでなく、ここに来ている人々すべてを含めて、不忍池という都心のオアシスが構成されているのだと思えてくる。


人の少なくなった中でのウォーキングでは、歩く先々で顔なじみに出会う。とはいっても、知り合いというわけではない。毎日ほぼ同じような時間にリハビリをしていると、ランニングやジョギングをしている人、また自分と同じようにウォーキングに励んでいる人など、これまでに何回も見かけた顔とすれ違うのである。これといって言葉を交わすわけではないが、たまたま目が合うと、ちょっとうなずき目礼をするような人もできてきた。

一二時を過ぎて昼休みに入ると特に多くなる。息を切らしてかなりのスピードでランニングしている人もいる。若い女性も結構走っている。数は少ないが外国人ランナーも見かける。外国人はほとんどみんな欧米系で、近くの事務所に勤めているのか、あるいは東大から走り下りてきた研究生か留学生か……、軽く汗を流してから研究室に戻ってランチなのかもしれない。

これらのランチタイム・エクササイズに励む人々に加えて、お昼時にはコンビニ弁当などをぶら下げてスマホ片手にやってくるオフィスワーカーも多い。女性もチラホラ来ているが、たいていは一人で、ほとんどみんなスマホに見入っている。束の間のプライベートな時間を楽しんでいるのであろう。四月になってしばらくの間は新入社員風のグループも見かけたが、最近では近くのマンション現場から来るのか、工事作業員のような集団が幅を利かせている場所もできている。ガードマンの制服姿の人も二、三人来ていることがあり、仲間内だけで休息している。彼らのほとんどは割と高齢な人ばかりのようである。

一方で、もっと特徴的な人もよく目にする。天気のいい日の午前中、ボート池の北側、動物園とのフェンスを背にして、スキンヘッドを陽にさらしている男性もその一人だ。六十代半ばくらいか、持参した簡易椅子でいつもゆったりと日光浴をしている。彼の傍らには必ず黒いケースが立てかけてある。ギターケースではない。特異な形状のその中身はバンジョーなのである。彼がそれを演奏している場面に何回も出くわしたことがあるが、かなりの腕前だ。だがストリートミュージシャンではない。彼らの多くがそうするようなBGMやマイクは全く使わず、ソロでアコースティックな音を軽やかに周囲に響かせているのだ。声をかけてみようか、と思ったこともあったが、ある種の孤高な雰囲気を漂わせていて、いまだできずにいる。

ホームレスと思われる人も、やはり相当数見かける。彼らの居場所も大体決まっていて、個々のテリトリーがあるのだろう。ほとんどの人が毎日同じ場所で大きく寝そべったまま、じっとして動きがない。すぐ脇を通る一般人には全く関心がないかのように、昼寝をむさぼっているようである。常に弱い立場にある彼らにとっては、日中、多くの人目のあるところのほうが安全な眠りを得ることができるのである。

しばらく前にNHKの「ハートネットTV」という番組で、三回シリーズの「TOKYO〝ホームレス〟2019」として、都心のホームレスの実態と支援活動について報じていた。それによると、二〇二〇年の東京五輪を目前に控えて、最近ますますホームレスの居場所を制限し、追い立てるような、見えない動きが広まっているという。これまでの居場所を追われた彼らは、常時移動を余儀なくされ、特に夜間に身の安全を守るためには、普通の人の想像を絶する苦労があるらしい。そのストレスたるや、果たしていかばかりのものなのであろうか？

先日、ウォーキングの最後に、いつもは歩くことのない不忍通りの池に沿った歩道を歩いた。この数百メートルは車道側にもしっかりとした背の高い植え込みがあり、池側にもイチョウやクスノキなどの高木が多く、日中でも少し薄暗い印象のところである。そのためか、きれいに整備されているにもかかわらず、歩く人のほとんどは池側の公園内の道を通っている。そして私がこの時に目にしたものが、歩道と車道の間の植え込みのわずかな隙間に点々と押し込められた、例のブルーシートの荷物であった。退院後のある日、寒さが厳しくなる中で不忍池の中道に突然現れたブルーシートの列は、その時点ではわからなかったのだが、実は目と鼻の先に点在していたのである。

外国人観光客の減った不忍池では、五月に入り、中学高校の修学旅行生を見かけるようになった。制服姿で四、五人ずつのグループになって、地図などだろうか、資料を見ながらあちらこちらへと走っていく。ボー

台車での移動中、ボート池の傍らで昼寝を貪る人。みなそれぞれの居場所が決まっているようだ

不忍通りに沿った歩道にブルーシートの荷物。大きな木立が連なり日中でも濃い影を落としていて歩行者はほとんどいない

ト遊びに興じるグループもあるようだ。なんとも眩しいくらいの若々しさである。

「既に自分が失いつつあるものを、彼らはたくさん持っている」

元気のいい中学生グループとすれ違った時に、ふっとそう気がついた。足を止めて振り返り、彼ら一人一人がそれを——はるか未来へと続くそれぞれの長い持ち時間を——大切に使ってくれることを祈った。

二〇一九年五月一四日（火）記

ある物語を読むためには　――少し長いあとがきとして

数日前まで残っていたソメイヨシノの枯れ葉は、ほとんどみな散ってしまい、梢の細い枝先が裸のまま淋しげに揺れています。何本もの大きなイチョウの木々も、その葉の多くを落としてしまい、道端には黄金色のじゅうたんが厚みを増してきました。時折吹く北風がそれらの落ち葉を舞い上げて、色とりどりの紙吹雪となって、私の足元でカサカサと乾いた小さな音を立てています。暑い盛りには見かけることのなかったユリカモメが、日ごとにその数を増してきて、オナガやマガモも水辺の陽だまりに愛らしい姿を見せるようになりました。年の瀬の近づく不忍池は、秋のカラフルな色合いを少しずつ失い、冬を迎える準備に入ったように感じられます。

二〇一八年八月六日の昼下がりに、急性大動脈解離を発症して二年あまりが経過しました。私の体は、それ以前とは全く別のものに変わってしまいました。胸の中央を縦に走る二〇センチほどの手術の痕は、それを雄弁に語っています。それを目にするたびに、私の心が死を想わない日はありません。つまるところあの日を境に、体だけでなく心までもが、二年前までの私とは全然違うものになったのだと思います。それだけではありません。私や家族だけではなく、私の周囲の親しい人々や地域の人たち、そして日本の社会全体、さらに地球上のあらゆる人々にとって、今日の世界はこれまでとは全く違うものになってしまいました。

日本国内の新型コロナウイルスによる犠牲者の数は、二千人を大きく超えたそうです。世界全体の死者数は、既に一五〇万人を上回っています。毎日更新されるその数字は、内外の様々なメディアで喧伝されるように、コロナ後の社会がこれまでとは異なるものであるということを、厳然と私たちに突きつけているのかもしれません。

しかし、ここで私が言いたいことはそのことではありません。

先日、いつものようにリハビリウォーキングを終えて、水辺でクールダウンをしている時のことでした。池を見ながらストレッチをしている私の背中を素早くすり抜けて、後ろのベンチに腰を下ろす人がいました。目も悪く背中を向けていた私には、それが誰かはすぐにはわかりませんでした。ふくらはぎからハムストリングを伸ばすために上体を倒したタイミングで下から覗いてみると、色の褪せたネイビーグレーのパンツの裾を折り返している足が見え、かなり履き古したアディダスの足元には、飲みかけのような小さな缶コーヒーが置かれていました。好奇心を抑えきれなかった私は、次に体をねじった時に、それとわからないように首を回して後ろを見てみたのです。そこにいたのは、少し薄汚れた感じのする白髪の初老の男性でした。

これまでに何度も、それこそ数え切れないくらいの回数、私は彼と出会っています。彼はいつでも野球帽のような小さなキャップをかぶり、その脇から耳を覆うほど伸びた白髪をのぞかせていました。見覚えのある大きめのグレーのザックを傍らに置いて、ベンチの背もたれにはいつもと同じように、白いレジ袋を二つぶら下げていました。そしてこの時もまた、これまでと同様、彼は小さな本を読んでいました。

私が、この男性を彼だと認識するようになったのがいつのことなのかは、思い出すことができません。しかし不忍池のほとりで彼を見かけるたびに、この男性はいつでも必ず本を手にしていました。漫画雑誌や週刊誌のようなものであったためしはありません。たいていは文庫本で、まれに新書サイズの本のこともありました。私が彼の本のタイトルを読み取れたことはありません。この日も、私のすぐ後ろにいたにもかかわらず、カバーのない文庫本の背表紙を判読することはできませんでした。

彼が路上で暮らしているのか、あるいは不忍池の近くに住まいがあるのか、私に知るすべはありません。けれども、私が退院後に毎日のように不忍池の周りを歩くようになったこの二年あまりの時間を、この初老の白髪の男性も、私と同じ空間で過ごしていたことは確かだと思います。

彼はこれまでにどのような人生を歩んできたのでしょうか。

武漢で発生した新型コロナウイルスが世界中に蔓延して既に一年近くが経過します。この間に地球上では一五〇万人もの命が失われ、その数は今現在も日々増加しています。しかしここで問題にすべきは、一五〇万とかという数の多寡ではないのです。死者数という客観的な数値の裏に隠された本当の意味を問わなくてはならないと思うのです。そこには、数字では絶対に量ることのできない、一人一人の人生がまぎれもなく存在していたのです。一人の人が、生まれてから亡くなるまでのそれぞれ固有の物語が、一つ一つ全く異なる物語が――それが、たとえ誰にも読まれることのないものであったとしても――厳として存在しているのです。コロナ禍の社会を生きる私たちは、決してそのことを忘れてはいけないと思います。そしてそのために必要なものが、自分以外のあらゆるものに対するほんの少しの想像力なのでしょう。他者への思いやりとか、共感とか、利他主義とかと様々な語られ方をしていますが、その根幹をなすものは、自分とはかかわりないと感じているものについて、少しでも想像を働かせることのできる内面の力なのだと思います。

半世紀余り前に、英国のスーパースターが「想像して！」と歌っていたことの意味が、病を得たことによって、ようやく私にもごくわずかですが感じられるようになってきました。

今年の夏も不忍池にはたくさんのハスが咲き誇りました。その花の一つ一つは、どれも昨年目にした花ではないし、ましてや一昨年に（今のような体になる前に）私が見たハスの花ではないということは、考えるまでもなく、ごく当たり前のことでしょう。けれども、それらは毎年同じハスのように思えます。ハスの盛りの一か月ほど前には、梅雨時に爽やかな水色や薄紫色の花弁を見せてくれた、たくさんのアジサイがありました。さらにその一か月前のゴールデンウィーク前後には、オオムラサキやサツキツツジの群落が、鮮やかな真紅の花をいっぱいつけていました。それらはみな、去年とまったく変わっていないように見えました。

そしてその一か月前の三月末から四月初めにかけては、今年も例年通りに、不忍池は満開のサクラに包まれていました。上野の山中でも春のうららかな日差しの下で、たくさんのサクラの競演を見ることができました。けれども今年のそれは、「完全なる死の世界」でした。上野公園のサクラ並木は閉鎖され、博物館や美術館、動物園も閉館・閉園となりました。人影も人声も人の気配さえもない無人の園に舞うサクラ吹雪は、いつもの美しさとはまったく次元の異なる、背筋を凍らせるような虚無的な近未来と、ゆく当てもなく漂う儚い人の世の哀しみとを、これでもかと私に投げかけてきたのです。

はるか昔、花見に人が群れ集まるのは桜の科《とが》ではないか、と詠ったのは西行だったと思いますが、そんな諧謔《かいぎゃく》を効かせた心のゆとりを持つことのできた人が、私たちの祖先には何人もいたのです。しかし今こうして、一か月前、その一か月前と過去をさかのぼっていっても、そしてさらに一年前、二年前と、自分の人生を辿っていっても、私の心にそのような先人たちの余裕ある精神は見出し難いのです。つまり、いくら過ぎ去った日々を振り返っても、その時々に目にした風景を思い出すことはできても、その時偶然出会った人のことを思い出すことは、私にとってはかなり難しいことになっています。華やかな桜の園にいるべきたくさんの人が、突然消え去ってしまったように、私が出会った人の淡い記憶も失われてしまうのかもしれません。

今日も私は、不忍池のほとりで何人かの人とすれ違いました。しかし、私たちはたがいに目を合わすこともなく、言葉を交わすこともなく、他人としてすれ違うだけであり、出会ったわけではないのです。ほとんどの人が付けているマスクも、意識して取る社会的距

上野公園　閉鎖されたサクラ並木
(上 2020 年 3 月 31 日／下 2019 年 3 月 30 日)

不忍池　誰にも見られなくてもサクラは昨年と変わらない
（上 2020 年 3 月 31 日／下 2019 年 4 月 4 日）

離も、それぞれが互いに無関係な他人であることを象徴しているようです。けれども、すれ違うだけで出会うことはごくわずかしかないという人の世の根源的な哀しみの中で、それらの人々の誰もが、必ずそれぞれの物語を持っているのだということを、今の私は少しだけ感じられるような気がしています。——日々の生活の中で私は、私とは別の物語を紡ぐ無数の人々とすれ違っているのです。そのうちのいくつを、私は読むことができるのでしょうか。

それらの限りない無数の物語の中の、取るに足りない名もなき一編として、これまでの私の物語を読んでいただけたのだとしたら、これに勝る喜びはありません。

最後になりますが、生死の淵から私の命を救ってくださった先生方、看護師や介護士の方々、そして今現在も私とは直接かかわりのないところであってもコロナウイルスと闘い続けている数多くの医療従事者の方々に、心からの感謝の気持ちをささげます。

二〇二〇年十二月六日（日）　無縁坂の仕事場にて

著者プロフィール

田中　耕一（たなか　こういち）

1958 年（昭和 33 年）生まれ
1981 年 3 月　東京大学工学部建築学科卒業
1983 年 3 月　東京大学大学院工学系建築学専攻課程修了（工学修士）
1985 年 1 月　ハーバード大学大学院デザイン学部建築学修士課程修了
(Master of Architecture)
1985 年 1 月～ 1986 年 4 月　ケンブリッジ・セブン・アソシエイツ勤務
(米国マサチューセッツ州)
【主な担当作品】イリー・ウォーターフロント再開発、ボストン・ヘイマーケット・プレイス
1986 年 8 月～ 1994 年 1 月　槇総合計画事務所勤務（東京）
【主な担当作品】津田ホール、TEPIA、慶應義塾湘南藤沢キャンパス、サンド薬品筑波総合研究所、横浜市北仲通り北地区再開発、名取市文化会館
1986 年 6 月～ 1990 年 10 月　「Japan Architect」（新建築社）の News Gallery 執筆
1989 年 9 月～ 1989 年 10 月　マイアミ大学にて非常勤講師
(米国オックスフォード)
1994 年 2 月～　アトリエオヴニー建築設計事務所開設(現在、代表取締役)

不忍池のほとりにて

2021年 3 月15日　初版第 1 刷発行

著　者　田中 耕一
発行者　瓜谷 綱延
発行所　株式会社文芸社
〒 160-0022　東京都新宿区新宿 1－10－1
電話　03-5369-3060（代表）
03-5369-2299（販売）

印刷所　株式会社フクイン

ISBN978-4-286-21968-4